JN008920

ヒロインが来る前に
妊娠しました
詰んだはずの悪役令嬢ですが、どうやら違うようです
ロゼ illust. 餅月はるか

ミューゼ・ランベスト
公爵家の一人息子で、周囲からは
「氷の貴公子」と呼ばれている。
無表情で冷たい印象だが、
フェリーにだけは優しい。
フェリー・ロマンナ
この世界が前世にプレイしていた
ゲームの世界だと気づいた侯爵令嬢。
最推しであるミューゼの子を妊娠した。

「ミューゼ様……大好きです」
「俺も……愛してる」
教室の中だと言うのに唇が重なり、
男女の歓声が響き渡った。

キリアン・ヘンドリック
没落寸前の伯爵家の一人息子。
潤んだ子犬のような可愛さがある。
ゲームのバッドエンドでは
裏社会のボスになるらしいが……。
リリン・ネガン
ゲームではヒロインのはずの少女。
前世の記憶を持っており、
攻略対象に手当たり次第
アプローチをかけている。

ヘルドリアス・
ラヴィ・グライム
甘いルックスでゲーム人気No.1の王太子。
なのだが、軟派な性格で女の子を見ると
すぐ声をかけにいってしまうのはなぜ……？
シャーリン・レズモンド
ゲームでは悪役令嬢の一人で、
リリンを妨害する役目。
ヘルドリアスと婚約しているのだが、
何やら悩みを抱えている様子。

キュッと私を抱き締めると、
ミューゼ様がフッと息を吐いた。
「俺のものにしたはずなのに、
それでも不安で、
もっともっとその全てを欲しくなる。
俺の中だけに閉じ込めていたくなる。
もう何があっても手放したくない」
「ずっと手放さないでね」

ヒロインが来る前に妊娠しました

詰んだはずの悪役令嬢ですが、どうやら違うようです

ロゼ

illust.
餅月はるか

Contents

I got pregnant

before the

heroine arrived.

プロローグ

「妊娠しておられます」

我が家のお抱え医師である初老の先生の言葉に思わず自分のお腹に手を当てた。

「妊、娠……」

数日前から胃の調子が悪く診察を受けてみることになったのだが、告げられた言葉に付き添ったお母様は言葉を失っていた。

「お腹の子の父親はミューゼ君よね？　別の男性だなんてことはないわよね？」

ミューゼ君とは私の婚約者であるミューゼ・ランベスト様のことである。

公爵《こうしゃく》家の嫡男であり、巷《ちまた》では氷の貴公子とも呼ばれている私の最愛の婚約者だ。

「ミューゼ様以外の子だなんてありえませんわ！」

私の言葉にお母様はホッとした顔を浮かべた。

私の名前はフェリー・ロマンナ。侯爵《こうしゃく》令嬢である。

お父様はランベスト家に乗り込む勢いで怒っていたが、ミューゼ様に直接自分の口から妊娠を伝えたくて我儘《わがまま》を通した。

　今夜は流星群が流れる日で、一緒に見る約束をしていたので、自分の口から伝えたかったからだ。

　空が藍《あい》色に染まり始めた頃ミューゼ様が我が家へとやって来た。

　待ち望んでいたはずなのに、いざ目の前にすると胸がザワついた。

「フェリー？　どうかしたのか？　少し顔色が悪いようだが？」

「い、いいえ、何もありませんわ」

　流星群を見ながら打ち明けても遅くはない。そう思って笑顔を浮かべた。

　ミューゼ様と共に私室のバルコニーへと移動し、お茶を楽しみながら流星群を待っていた。

　時間が妙に長く感じる。

「フェリー、始まったぞ」

　ミューゼ様の声に顔を上げて空を見上げた。たくさんの星が筋を描きながら流れていく。

「わぁ、綺麗……」

　そう口にした瞬間、私の中で何かが弾けた。グルグルと渦を巻くようにそれは私に襲いかかってくる。

「フェリー？」

　ミューゼ様の慌てた顔が目の前に飛び込んできて、その何かが私の中でハッキリと繋《つな》がった。

　このタイミングで前世の記憶が蘇り、ここが前世でやっていた乙女ゲームの世界なのだと分かってしまった。

しかもミューゼ様は攻略対象者であり、私は後に断罪されて必ず捨てられてしまう悪役令嬢として転生したことを思い出してしまったのだ。

「う、嘘《うそ》……嘘でしょ？」

「フェリー？　どうかしたのか？」

「なんで？　何が起きてるの？　どういうこと？」

「フェリー？　どうしたんだ？」

「え？　ないない、ありえない！　待って！　一旦待って！　こんなのあり?!」

「フェリー?!」

ミューゼ様が心配そうに私の顔を覗き込んでいるが、それどころの話ではない。

「あぁぁぁぁぁ！　なんでこのタイミングなのぉぉぉぉぉ！」

「フェリー？　どうした？　何があった?!」

私、悪役令嬢に転生しちゃったんだ……。え？　人生終わりじゃない？　詰んでるよね？　せめてあんなことが起きる前に分かってたら……。

しかもミューゼ様は前世の私の最推《お》し！　命と言って過言ではないというほどに推して推して推しまくっていた最推し！　なのになぜ私は悪役令嬢なの?!

そんなことを考えながらも、押し寄せる情報量の多さに目の前が暗くなり、抱き締められた腕の中でプツンと意識が途切れた。

第一章

私とミューゼ様は十歳の時に婚約した。

公爵《こうしゃく》であるランベスト家と侯爵である我が家の思惑が重なった故の婚約だった。

初顔合わせの日は最悪で、ブスッと不機嫌さを隠さない顔をして一言も話さないミューゼ様を見て、この婚約ダメだと思ったものだ。

その当時の私には前世の記憶はまだ戻っていなかったが、基本的な性格は前世の自分を引き継いでいたようで、ゲーム内のいわゆる悪役令嬢と言われるような傲慢《ごうまん》さも、貴族特有の我儘さもなかった前世的には普通の、実に貴族らしくない子だった。

「仲良くしなさい」

お父様からそう言われたが、ミューゼ様は私を睨《にら》むように見て、話し掛けても無視だし、一緒にいてもつまらなくて溜息しか出ないし、仕方がないから暇潰しの為に小枝で地面に絵を描いて一人で遊んでいた。

犬や猫や鳥を鼻歌を歌いながら描いていていたら背後からぬっと影が差した。

気にせず絵を描いていたら「……何を、描いているんだ?」と声がした。

「見て分からない？　これが犬で、こっちは猫、そしてこれは鳥よ！」

「……下手《へた》過ぎないか？」

「……別にいいでしょ！　楽しいんだから！」

「楽しい？」

「うん、楽しいわ！　あなたとただ座ってるよりずっと」

前世の性格を引き摺《ず》っていたとはいえ一応は侯爵家の令嬢なので、前世の自分よりは強気だし口調もキツく育っていた。

問い掛けに私はズバッとそんなことを言ってのけた。

「私のことが気に入らないのは仕方ないわ！　どうせ政略結婚なんだし！　だからって最初から睨んでばかりで、話し掛けても無視する相手と一緒にいたって楽しくないじゃない！　だからあなたも勝手にすればいいんだわ！　私も私で勝手に過ごすから！」

そう言うとミューゼ様は一瞬だけ目を見開いたのだが、すぐに無表情になった。

「……別に睨んではいない」

「それで睨んでないなら相当目付きが鋭いのね」

「……無視もしていない」

「話し掛けても返事もしないのに？」

「……何を話せばいいのか分からないんだ」

「……あなた、不器用なの？」

「……分からない」

そんな会話をした後から私達は少しずつ仲良くなり、彼は絵がとても上手だと分かり、ひたすら褒めまくったら、それから毎年誕生日に肖像画を描いて贈ってくれるようになり、結構良好な関係を築いてきた。

元々遺伝子レベルで好みだったので、見た目はどストライクだったし、話すようになると悪い人ではないんだと分かったし、いつからか彼をちゃんと好きになっていた。

彼の方の気持ちは全く分からなかったけど、肖像画を描いて贈ってくれるほどには好かれているのだとは思っていた。


そして二ヶ月前、私達は一線を越えてしまった。

ミューゼ様の馬で遠乗りをした帰り道、突然の激しい雨に降られて、雨宿りした小屋の中で一夜を共にしたのだ。

濡れた服を乾かす為に互いに肌着だけという恥ずかしい姿になり、一枚だけ置いてあった毛布に二人で包まり暖を取っていた。

触れ合う肌に胸が高鳴り、ミューゼ様が少しでも動く度に心臓は跳ね上がった。

何を話したのか覚えていないほど緊張していた。

ふとした瞬間に重なった視線がとても熱く、全身が燃え上がるようだった。

あの時のミューゼ様を思い出すと今でも胸がドキドキする。

暖炉の炎に照らされて、いつもより何倍も色気を増したアイスブルーの髪。普段は冷たさが漂《ただよ》うブルーの瞳には明らかに欲情の色が見えた。

「好きだ……愛してる」

しばしの沈黙の後に告げられたその言葉に私はすっかり舞い上がった。

「私も、お慕いしております」

私の言葉にミューゼ様はドキッとするほど優しく柔らかい笑みを浮かべた。

「初めてフェリーからそう言ってもらえた……愛してる、俺の最愛」

気付いたら彼に身を委ねていた。

「何があっても離さない……俺から離れて行くな」

いつも寡黙《かもく》な彼の口から紡《つむ》がれる愛の言葉はとても甘く、溺《おぼ》れるように浸《ひた》った。

結果、妊娠してしまったというわけだ。

前世の記憶が戻る前の幸せなあの時間が嘘のように今は、もうどうしよう！　どうしたらいい？　とパニック状態なのだが、問い詰められたら困るので寝たふりをしている。

単なる現実逃避なのだが、将来捨てられる女だと分かった私は、今後どうすればいいのか分からず、それくらい許して欲しいという気持ちだった。

◆　◆　◆

――コンコンコン

部屋のドアをノックする音が聞こえたが、私は狸寝入りを続けていた。

「フェリー？　寝てるのか？」

前世・今世通して聞き慣れた声に心臓がドキッと跳ねる。前世の私はミューゼ様一筋のガチ勢だったのだから当然と言えば当然だ。声だけで妊娠してしまいそうな（実際妊娠してるけど）低音の美声。目を閉じていても分かるミューゼ様の声だ。

静かな室内に足音が聞こえ、人の気配を感じているのだが、まだまだ現実逃避していたい私はひたすら目を閉じていた。

「フェリー……」

彼の大きな手で髪を撫でられた。前世の最推しであったあのミューゼ様に髪を撫でられている！

それよりももっと凄いことをすでにしてしまっているのに、髪を撫でられている現実に胸が高鳴る。

「フェリー……起きているのだろう？」

「…………」

「顔が真っ赤だ……可愛すぎだろう」

彼の口から出てきた可愛すぎだろうという言葉が余りにも衝撃的で思わず目を開いた。あの雨の一夜でも言われなかったのだ。

その言葉の破壊力は半端《はんぱ》なく、思わず目を開いてしまったのだが、そんな私をミューゼ様はとても優しい笑顔で見つめていた。

「おはよう、フェリー」

「……おはよう、ございます」

「体調はどうだ？　どこか辛いところはないか？」

「大丈夫、です」

「ロマンナ侯爵から聞いた。子が出来たんだな？」

その言葉に浮かれていた感情が一気に引き戻された。ミューゼ様は「怯《おび》えなくていい」と優しい笑みで私を見つめている。

「お腹が大きくなる前に式を挙げなければな……いや、子供が生まれてから式を挙げた方がいいのか？　子供と一緒に式を挙げるなんて幸せ過ぎないか？　書面だけでも揃えて一日も早く夫婦になって……」

「あ、あの、ミューゼ様？」

「あ、ああ、すまない、浮かれてしまった」

「浮か、れた？」

「あぁ、だって君のお腹の中には俺達の子がいるのだろう？　これが浮かれずにいられると思うか？」

「喜んで、くださるのですか？」

「当たり前だ。愛する君との子なのだから」

そっか、今は愛されてるのか……。なんとも言えない感情が胸に押し寄せる。

そして同時に明日からゲームがスタートするのだと思い出し恐怖が襲って来た。


『TRUE LOVER～麗しの乙女と五人の騎士《ナイト》』


それがミューゼ様と今世の私が登場する乙女ゲームだ。

貴族に引き取られた平民出身のヒロインが中途入学をして来ることからゲームが始まる。

攻略対象者はミューゼ様を含めて五人（王太子、後《のち》の宰相《さいしょう》、後の騎士団長、幼馴染）。

ミューゼ様は別名を「氷の貴公子」と言う、美の化身のような美しさを持ちながらも表情が乏しく、攻略が難しいキャラだった（それでも大好きだったの）。

ゲーム内ではゲームスタートの明確な日付が語られていなかったので絶対とは言いきれないのだが、オープニングで主人公が「昨日の流星群は素敵だった」と呟いているシーンがあった。

ゲームが始まればミューゼ様はヒロインに心惹かれて行くのだろう。それを見ているしかないなんて耐えられるのだろうか……。


と思っていたのに、私はそれから一週間学校を休むことになった。「念には念を」と言う両親とミューゼ様の強い希望で。

倒れた翌日にはミューゼ様と彼のご両親が我が家に「この度は愚息《ぐそく》が大変申し訳ないことを」と謝罪にやって来て、そのまま入籍の話になり、ミューゼ様が「入籍は一日も早く！　式は産後に子供と共に行いたい」と熱く語り、余りの勢いに周囲が唖然《あぜん》とする事態となった。

　彼の頭の中では式の内容も出来上がっているようで、彼の母親であるセナ様は「はぁ……この子、フェリーちゃんのこととなるといつもこうなのよね」と苦笑し「こういうところを見ると親子だと思うわね」とチラリと夫であるクリス様を見、クリス様がいつもの仏頂面を真っ赤に染め慌てふためくというとても貴重な姿まで見られた。

　クリス様とセナ様は大恋愛の末の結婚だったようで、「あの仏頂面からは想像出来ないでしょうけどね、結婚式に向ける思い入れが凄すぎて『あれは誰だ？』と言うほどの豹変ぶりだったのよ」とセナ様が笑っていた。

　こうして私達は妊娠発覚から三日後には夫婦となり、体のことを考えて学園には必要最低限のみ通うこととなった。

　当初は中退して出産に備えて欲しいとの要望が強かったのだが、あと半年少々で卒業を迎えるし、今後の不安もあったから卒業だけはしたいと我儘を通した。

　結婚式は産後一年経ったら、子供のお披露目も兼ねて行われることが決まった。

「もしも式までに子供が歩けるようになっていたら二人で子供の手を引いて入場したい」

「我が子を抱いて入場するのもいいな」

「子供が疲れてしまわないように十分考慮しなければ」

「あぁ、フェリーと我が子が一緒にいる姿を想像するだけで幸せ過ぎておかしくなりそうだ」

「あんた誰？」と言いそうになるのを堪《こら》えたのは言うまでもない。

いつも無口で無表情だったミューゼ様とはまるで別人の彼の姿がそこにあった。

ゲーム内でヒロインに向けていた表情とも全く違う、もはや人格そのものが変わってしまったかのような変貌ぶり。

私のまだ膨らんでもいないお腹に手を当てながら、ニコニコと幸せそうな笑顔を振りまくミューゼ様。本当に誰？

私が休学中はミューゼ様も学園を休み、毎日我が家に足繁《あししげ》く通い、「早く一緒に暮らそう」と口説かれ続けた結果、復学する日の夜から私はミューゼ様の家で夫婦として暮らすことが決まった。

セナ様は「出産するまでは母体には色々あるのだし、住み慣れた家で出産を迎える方がフェリーちゃんにとっても安心出来るわ」と言っていたのだが、ミューゼ様が「俺達はもう夫婦なんだ。一瞬たりとも離れていたくない」と、氷の貴公子のキャラはすでに崩壊してしまったのか？　と思うほどの執着ぶりを発揮し、「フェリーを不安にさせたりはしない！　一緒に暮らそう」と何度も熱烈に口説かれた。何度も言いますが、本当に誰？

ゲームの中でのミューゼ様は中々好感度は上がらず、終盤になるとようやく笑顔を見せ始め、ＭＡＸになると溺愛ルートに突入するのだが、その時でも今より表情は乏しいし、基本口数が異様に少ないキャラだった。

ところがどっこい、今のミューゼ様はその時以上に表情豊かだし口数も多い。本当に誰？　状態。何が起きてる？　子供が出来たから？

　何か違うのかも……と思いつつ、まだヒロインと出会っていないからかも……とも思い、学園復帰の日が近付くにつれて気が重くなっていくのだった。

◆　◆　◆

　一週間ぶりに復学した私達は当然一緒に登校し、階段は過保護すぎるミューゼ様に「落ちたり転んだりしたらどうするんだ！」と抱き抱えられ、教室でも隣の席でベッタリの状態になった。

　ヒロインはすでに中途入学を済ませていたし、同じクラスなのですぐに分かった。

　私とミューゼ様を見て目玉が零れ落ちるんじゃないかというくらいに目を見開いたヒロインを見て、もしかして転生者かもと思った。

　ヒロインの名はリリン・ネガンと言うらしい。

　ゲームでは毎回前世の本名にしていたので知らなかった。

　ゲームのままの淡いオレンジ色の柔らかそうな髪に、苺《いちご》の飴玉のような愛らしい赤い瞳。白くきめ細かな綺麗な肌に、ほんのり染まった桃色の頬。ぷっくりとしながら艶々《つやつや》と輝く愛らしい唇。正《まさ》にヒロインである。

　ミューゼ様は私にベッタリでヒロインに見向きもしていないが、彼女は王太子殿下達にすでに近付いているようで距離感がおかしい。

　困った顔の王太子殿下の腕に自分の腕を絡めて、上目遣いで見つめるあざとさが、ゲームで見ていたヒロインとはかけ離れていて違和感しか感じないのだが、彼女が転生者ならば頷ける気がする。

「フェリー・ロマンナ様、ちょっとよろしいでしょうか？」

　ミューゼ様がトイレに行ったタイミングで話し掛けて来たリリン様は、私にだけ見える角度で眉間に皺《しわ》を寄せた怖い顔をしている。

　前世で知り合っていたら絶対に友達にならないタイプだと思う。

　腹の探り合いには慣れているが、男の前では良い子を演じ、女の前では豹変するタイプは、前世・今世通して大の苦手だ。多分リリン様はそのタイプだと思う。

「なんでしょうか？　えーと……転入生の」

「あ、リリンです！　リリン・ネガン！」

　名前なんて知っていたが、一応は初対面だからすっとぼけた。

　ゲームで聞いた通りの愛らしく耳触りのいい声だ。

「初めてお見受け致しましたが、私に何の御用でしょうか？」

「あの、ちょっとお話ししたいことがあって」

「何をしている？」

二人で話していたらミューゼ様が戻って来て、リリン様に向けて冷たく声を掛けた。

「俺の妻になんの用だ？」

妻の言葉に教室中がザワついた。

リリン様は絵に描いたようにそれはそれは驚愕した顔でミューゼ様を見ている。

「えーっと……聞き間違いじゃなければ妻と聞こえたような？」

「あぁ、フェリーは俺の妻だ。で、俺の妻に何用だ？　転入生」

絶対零度の貴公子と言った方が相応しいほど冷たい視線と声だ。凍りつきそうな視線は警戒の色が濃く見える。

「なんで氷の貴公子が結婚してるの⁈」

「ふっ……氷の貴公子か。で、俺の妻に何用だ？　まさか俺狙いだなんて馬鹿げた戯言は言わないだろうな？」

「なんで……嘘でしょ……どうなってるの？」

「妻は大事な体だ。なんの用か知らんが、邪《よこしま》な考えがあるのならば今後一切近付くことは俺が許さない」

「ミューゼ様……そんな……」

「名を呼ぶ許可を出した覚えがない。そう呼んでいいのは愛《いと》しいフェリーだけだ」

「そんな……なんで？　……推しが……」

間違いなく転生者か何かなんだろう。推しなんていう言葉をこの世界の人達は使わないし、多分知らない。

少し可哀想な気もするけど、私のお腹にはミューゼ様の子供がいる。ヒロインだろうが簡単にくれてやることなんてしないし、ミューゼ様はヒロインには興味がなさそうだし、敵認定しているように見える。

これは喜ぶべきことだよね？

「フェリー、今日必要な授業は全部受けたから帰ろう」

「え？　ミューゼ様はまだ授業を受けなければならないのでは？」

「俺か？　俺は試験で点数さえ取れれば卒業出来るという確約を得ている。フェリーが授業を受けるから学園に来ているだけで、本来なら来る必要もない」

サラーッと凄いことを言っちゃったよ、私の旦那様。

「さぁ、帰ろう」

差し出された手を取ると、ミューゼ様はフワッと柔らかく微笑んだ。

ほぼ笑わない彼が微笑んだことでまた教室内はザワザワとした。リリン様は目も口もかっぴらいて呆然としている。

私達が夫婦になったことは一部の人以外は知らず、私も自分からは言うつもりもなかったのだが、ミューゼ様は最初から隠す気なんてなかったらしい。

馬車の中で「フェリーに近付く邪魔な虫を追い払えるのだから当然言うだろう」となぜか得意げな顔をするものだから笑ってしまった。

「フェリー……今日から一緒に暮らせるのだな」

熱を持った瞳でそんなことを言われた私は、一瞬昇天しそうになった。

◆◆◆

今夜から私の家はミューゼ様と同じになる訳で……。馬車がランベスト邸に到着する前からドキドキしていた。

セナ様はとても優しいから虐《いじ》められることはないだろうが、緊張するものはする。

「そう固くなる必要はない。両親もフェリーが来るのを楽しみにしている」

そう言うけど、こればかりは仕方ない。

ランベルト邸に到着すると、セナ様とランベルト家の執事のロベルトさんに出迎えられた。

「本日からお世話になります。不束者《ふつつかもの》ですが、よろしくお願い致します」

「待ってたわー！　今日からよろしくねー、フェリーちゃん！　キャー！　フェリーちゃんが我が家に住むなんてまだまだ先だと思ってたから、こんなに早くに来てくれて嬉しいわー！」

「母上……」

喜ぶセナ様を見てミューゼ様がこめかみを押さえている。

「さぁさぁ！　こんなところで立ち話なんて体に障《さわ》ってしまうわ！　今日はフェリーちゃんの歓迎会も兼ねてご馳走を用意したのよ！　あ！　でもその前にフェリーちゃんのお部屋に案内しな

きゃね！」

「母上……案内は俺がやりますので、もう黙っていて下さい」

「えー！　実の親に対してその言い方ってどうなの?!」

「親なら親らしくしていて下さい」

この会話の流れでお分かりだろうが、セナ様はとても明るく楽しい方だ。

四十歳（年を知ってることは内緒。知られたくないらしい）なのに少女のような方で、子持ちに見えないほどに若々しい。

だけどそこは氷の貴公子の母君だけあり、社交界ではそのキャピキャピぶりはなりを潜めて（少し近寄り難い雰囲気）一目置かれた存在である。

私の部屋はミューゼ様と同じ部屋だった。

隣にある内扉で繋がった部屋ではなく、彼の部屋で一緒に過ごすことが決定事項だったようで、本来私の部屋になるはずの部屋は物置兼衣装部屋になっていた。

部屋の奥にはキングサイズの大きなベッドがドーンとあり、ミューゼ様は恥ずかしげもなく「夫婦になったんだ。一緒に寝るのが当然だろ？」と爽やかに微笑んでいた。

「着替えなどはどこですれば？」

「ここですればいい。俺は気にしない」

「それはちょっと……恥ずかしいんですけど」

「むー……では隣の部屋で着替えればいい」

え？　今「むー」って言いました？　何それ！　めっちゃ可愛いんだけど！　鼻血吹きそうなんですけど！

「……普通は隣の部屋が私の部屋になるのでは？」

「……普通じゃなくていい」

拗《す》ねた顔をしているミューゼ様が可愛すぎて、一瞬倒れそうになった。

ゲームで必死に集めたどのスチル画像よりも尊い！　尊すぎる！　ミューゼ様が尊過ぎて辛い。


夕飯は豪華だった。

軽い悪阻《つわり》があって、こってりした物は口にしたくなかったのだが、さすが経産婦であるセナ様。アッサリしているのにしっかり栄養の摂れるものも沢山用意してくださっていた。

「お心遣いありがとうございます、セナ様」

「もー、フェリーちゃん！　そこは『お義母《かあ》様』でしょ！　ママでもマミーでも良いわよ！　外国ではそう言うらしいのよー！」

「マ、ママ?!　……正気ですか、母上」

「ヤダ！　ミューゼにはそう呼ばれたくはないわ！　でもフェリーちゃんなら大歓迎よ♡」

陽気なお義母様で……。

そんなセナ様の隣で耳だけ赤く染めて仏頂面で黙々と食事をしているクリス様。

「仏頂面をしているけど楽しんでるのよ。ほら、耳が赤いでしょ？　この人ね、楽しいと耳が真っ赤になるのよ」

「…………」

　ますます耳を真っ赤に染めたクリス様。意外と可愛い人らしい。

「……その……私のこともお義父《とお》様と……パパでも……」

「父上……パパはないでしょう」

　うん、パパはない！

　歓迎会を兼ねた夕食は終始明るく楽しく過ぎて行った。

「さぁ、フェリー。寝ようか？」

　濃厚過ぎる色気を漂わせ、夜着姿でベッドに腰掛けて、私を迎え入れるように手を広げて待っているミューゼ様の姿に思わずよろめいた。

「フェリー！」

　すかさず駆け寄って来たミューゼ様は私をガッチリと抱き寄せると、そのまま抱き抱えてベッドまで運んでくれた。もちろんお姫様抱っこだ。

　階段でされた時は凄く怖くて思わず抱き着いてしまったが、今回は前よりも余裕があり、贅沢すぎるお姫様抱っこに心臓が壊れそうなほど騒いでいる。

　そっと見上げた顔はキューーーンとするほどに優しく穏やかで、それでいてお風呂上がりの半端ない色気と良い香りがしてクラクラする。

「フェリー？」

視線が重なると愛おしげに目が細められ、口は弧を描くように笑みが。

「はぅっ♡」

思わず漏れた声にミューゼ様が一瞬だけ目を丸くした。

「そういう声は俺の前だけにしてくれよ」

コツンとおでこにおでこが重なりすぐに離れた。

今のはなんのご褒美？

最推しだったと理解したからこそ、その行為はご褒美以外の何物でもなく、お姫様抱っこにおでこコツンの過剰な行為に頭がパンクしてしまいそうだ。

「え？　……もしかして溺愛ルート？」

ポソリと呟いた声を拾ったミューゼ様が「溺愛か……悪くない」と微笑んだ。

ベッドに横たえられると、ミューゼ様は当たり前のように隣に寝そべり、私の体を包むように抱き締めた。

「俺の腕の中にフェリーがいるんだな……」

少し震える声で小さく囁くミューゼ様にキュンキュンしっぱなしである。

「安定期に入ったら……優しくするから」

熱い瞳で至近距離でそんなことを言われた私は魂が抜けそうだった。

「フェリーは柔らかいな」

ツーっと背を撫でるようにミューゼ様の手が滑るのがくすぐったくて思わず身を捩《よじ》ると、手に力がこもり、ピタリとくっつくように抱き寄せられた。

ミューゼ様の胸板に頬がくっついて心臓の音がダイレクトに響いた。その音がとても早くて「え?」と声を上げると「どうした?」と耳元で囁かれた。

ゾクゾクしながらも「鼓動が早くて」と言うとミューゼ様は笑いながら「好きな女を抱き締めているんだ、当然だろ」と言い、頭にキスをした。

「好きな、女……」

「フェリー……君は俺の愛を疑っていないか? 何度も言うが俺はフェリーだけを愛している……これからはそのことを身をもって存分に知ってもらうつもりだから、覚悟しておけ」

ご褒美爆弾のようなその言葉に気を失いかけ、人肌の温かさにいつの間にか眠りに落ち、気がついたら朝だった。

目を開けると目の前にミューゼ様の胸板が! また気を失いかけたのは言うまでもない。

気を取り直してミューゼ様を見ると、穏やかな顔で眠っていて、それが余りにも神々しく、今度は鼻血を吹き出しそうになった。

トゥーラブ(ゲームの略称)の攻略対象者の五人は皆それぞれにカッコイイが、その中でもミューゼ様は神がかった美しさだと思っている。

王太子殿下は凛々《りり》しさの中に愛らしさもあるバランス型イケメン。

後の宰相は知性を感じさせつつも垂れ目でどことなくキラキラしているアイドル系イケメン。

後の騎士団長は笑った時に見える八重歯が可愛いが顔はワイルド系イケメン。

幼馴染は一見すると人畜無害だけど、実は闇堕ちすると裏社会のボスになるというヤバい設定がある為、目の奥にドス黒い闇を抱えた、見た目だけは子犬系イケメン。

言わずもがなミューゼ様は研ぎ澄まされた美しさ（欲目過多）なのにデレると可愛いし、拗ねた顔は破壊力しかないし、微笑みなんて極上だし……もう完璧！　完璧すぎてダメなところが見つからないほどのパーフェクトイケメン！　だと思っている。

実際は王太子殿下が人気№1で、ミューゼ様は「好感度上がりにくくて草」「笑顔見るまでが疲れる」と言われていて人気が伸びなかったのだが、私の中では断トツ№1だった。

一度同担拒否の人に掲示板で「ミューゼ様は私だけのミューゼ様なの！」と言われたことがあるのだが、今となっては懐かしい思い出だ。

私は同担拒否派ではなかったが、今は誰かとミューゼ様を共有するつもりはない（当たり前）。当然ヒロインとも無理。

ミューゼ様がヒロインを好きになってしまった時はどうしようもないけど、そうならない限りは隣にいたいし、努力もする、絶対。

ただねー、前世の私はミューゼ様という二次元キャラに夢中すぎて、現実世界での恋愛には全く興味がなかったから、どうすれば相手に飽きられないように出来るのかとか、どうすればより好かれるのかが全く分からない。前途多難？　もしかして？

まぁ今だけは難しいことを考えずにミューゼ様の美し過ぎる寝顔を堪能することを許して欲しい。

薄く差し込んだ朝日に照らされた寝顔は穏やかで神々しい。美の集大成がここにある！　と言われても大納得の美しさ。

この人が今世の旦那様だなんて、私、前世でどれだけ徳を積んだのだろうか。……考えてみても何一つ徳なんか積んだ記憶がない。宝くじで一等当たるよりも幸せ過ぎる今の状況。

え？　私、早死する？　しちゃう？　ふとそう思った。

「んっ……」

なんとも色っぽい吐息混じりの声が聞こえ、ミューゼ様の目がゆっくりと開いた。

「……おはよう、フェリー」

「おはようございます、ミューゼ様」

ミューゼ様の手が私の頬を優しく撫でる。一気に真っ赤になったであろう私を見てミューゼ様が優しく微笑んだ。

「目覚めてすぐにフェリーの顔が見れるなんて……褒美みたいだな」

いえいえ、こちらこそご褒美が過ぎます‼

「もう少しこのままで……」

すっぽりと抱き締められて、ミューゼ様の鼓動を聞きながら幸せに浸っていると、ドアをノックされ、ドア越しに声が掛けられた。

「おはようございます、ミューゼ様、フェリー様」

「支度《したく》ならもう少し後にしてくれ」

「承知致しました」

使用人を下がらせると、ミューゼ様はゆっくりと私の髪を撫でながら幸せそうな顔をしている。

「ミューゼ様……」

「……フェリー……君はいつになったら俺をミューゼと呼んでくれるんだ？」

「え？　そ、それは……恐れ多いと言うか……」

「これからはミューゼ様と呼ぶ度に罰を与えなければならないな」

悪戯っ子っぽい笑みがまた素敵♡

「罰？」

「あぁ。例えばこんな風に」

唇が重なった。

これが罰ですか?!　むしろ極上のご褒美なんですけど?!

「これは……罰にならないと思いますよ？」

「二人きりならば罰にはならないだろうな。でも人前でならどうだ？」

「ひ、人前?!　無理です！　駄目です！」

人前でキスなんてどんな羞恥プレイ！

「だったらミューゼと呼べばいい」

「……善処します」

「口調も固い。俺には砕けて構わない。さぁ、ミューゼと呼んでくれ」

「ミュ、ミューゼ」

「あぁ、良いな」

良いのはあなたです！　と思わず叫びたくなった。

しばらくベッドの中で甘い時間を過した後、用意してもらった適温のお湯で顔を洗うと、ミューゼ様が優しく顔を拭いてくれた。

「そ、そんなことはしなくていいですから！」

「好きでやっている。気にするな」

気にするなって無理だから！

「身支度を整えたいのですが」

「ん？　そうか。では手伝おう」

「はいぃ?!」

「妻を美しく飾るのは夫の役目だ！」

「言葉の意味合いが違いますから！」

「同じだろう」

その後、押し問答があったのだがミューゼ様は一歩も引かず、結局私はミューゼ様の手で服を着せられた。

恥ずかしいことこの上ないのに、ミューゼ様はとても満足そうで、輝かんばかりの笑顔を向けていた。

「練習した甲斐があったな。まだ髪を結ったり化粧を施《ほどこ》すことは出来んがそれもいずれは……」

「ミュ、ミューゼ？　あなた、一体何を目指しているの？」

「完璧な夫を目指している！」

「普通の夫はそんなことはしませんよ?!」

「普通じゃなくて構わない！」

なぜドヤ顔？　ドヤ顔も素敵過ぎるけども！

ミューゼ様がゲームからどんどんと逸脱しているのは絶対気のせいじゃない。

そんなミューゼ様も素敵だし大好き過ぎるんだけど……いいのか？

その後、やって来た侍女に髪や化粧を施される私をじっくりと観察しながら、「ふむ」「なるほど」と言いながら空中で手を動かしシミュレーションをしていた。

本当にどうしたんだ、ミューゼ様！

◆　◆　◆

朝から濃厚過ぎる過剰なご褒美攻撃を受け続けた私は、その勢いのままミューゼ様と二時限目から登校した。

やはり階段はお姫様抱っこされ、教室では当然のように隣に座り、先生の授業そっちのけで私だけを見つめているミューゼ様の視線が痛い。

キャラ変わり過ぎてないかぁぁぁい！　と叫びたい気分だ。

こんなにも溺愛される理由が全くもって分からない。

ゲームのフェリーと今の私はまるで別人だと思うけど、だからってここまで愛される理由に心当たりがなさすぎる。ゲームのヒロインよりも愛されてるってありなの？

「ミューゼ……そんなに見られていると集中出来ないわ」

「気にするな」

いや、気になりますから！　気にしない方がおかしいですから！

視線を感じてそちらを見ると、今日は宰相の隣を死守したヒロインと目が合った。

とてつもなく睨んでいる。

ヒロインからしたら私はヒロインが結ばれる予定の男を奪った憎き相手だろうけど……宰相の隣を死守しといてこっちも狙うの?!　昨日は王太子殿下に纏《まと》わり付いてたよね？

トゥーラバには逆ハーレムルートは存在しなかった。

攻略対象者を最初に選択してそのキャラをひたすらに攻略していく。

言動の選択次第でノーマル・バッド・ハッピー・トゥルーエンドの四通りのエンディングを迎える。

私はミューゼ様一択で浮気もせず、全部のエンディングを見て、全スチルも開放し、その後もひたすらミューゼ様に会いたくて、毎日毎日飽きずにゲームの世界にのめり込んでいた。

だから他の攻略対象者達のルート内容は知らないし、この世界に転生した今でも全く興味がない。

ただ、他のキャラルートでもミューゼ様が登場するのか、逆ハーが存在するのかは気になり、ネタバレを含むゲーム板をチェックしていたので、逆ハールートが存在しないことも他のキャラルートでミューゼ様が登場しないことも知っていた。

あー、そういえばそのゲーム板で同担拒否の子に私の存在そのものを否定するような言葉を投げられたんだったなぁ。

私は同担拒否ではなかったし、ゲーム機の中のミューゼ様は自分だけのもので、他の人が温めたミューゼ様はその人だけのものだよね？　って考えだったから、あそこまでディスられるとは思ってなくて引いた。

しばらくこちらを睨んでいたヒロインだったが、先生に指摘されて前を向いてくれた。

お昼休み、王太子殿下に呼ばれてミューゼ様がいなくなったタイミングで、ヒロイン・リリン様が話し掛けて来た。

「フェリー様、少しお話し出来ませんか？」

裏庭の四阿《あずまや》にいた為周囲には誰もいない。

正直関わりたくはないのだが、ここで逃げても何度も声を掛けて来そうだから話してみることにした。

「なんの御用でしょうか？」

そう答えるとリリン様は私の隣に腰掛けた。

「ねぇ?!　悪役令嬢が結婚してるってどういうこと?!」

怒気しか含まれない声でそう言ったリリン様の顔は、到底ヒロインとは思えないほどに悪人顔で、これじゃどっちが悪役令嬢か分かんなくない？　と思った。

「悪役、令嬢？」

「すっとぼけるんじゃないわよ！　あんたもどうせ転生者なんでしょ！」

「転生者？」

ここはすっとぼける一択である。

「じゃなきゃおかしいでしょ?!　あんた、ミューゼ様に嫌われてるはずなのに！」

「仰《おっしゃ》っている意味が分からないのですが？　先程から何を？」

イライラを隠すつもりもないリリン様が血走った目で睨んでくる。怖っ！　顔怖過ぎっ！　と思いながらも表情はあくまでも冷静さを保つ（淑女教育の賜物）。

「だーかーらー！　そういうのいいんだって！　どうせあんたトゥーラバ知ってて私が現れる前にミューゼ様攻略した口なんでしょ?!　じゃなきゃありえないから！」

「本当に、何を仰っているのか分からないのですが？　トゥーラバ、ですか？　攻略？」

「もうほんとそういうのやめろっての！　なんであんたと私のミューゼ様が結婚してんの?!　な

いから！　マジでないから！」

「……いつからミューゼ様はあなたのものになったのでしょうか？」

　リリン様の言葉にイラッとして思わずそう言ってしまった。

「はぁ?!　最初からに決まってんじゃん！　この世界は私の為の世界なの！　私はヒロインなんだから！　だからミューゼ様も私のもの！　あんたのもんじゃねぇんだよ！」

「仰る理屈が分かりませんが」

「だからさぁ、いいってば、そういうの！　人のものかっさらっといてしらばっくれるとかマジないから！」

　うん、やっぱりこの人無理だわ、めっちゃ嫌いなタイプだわ。

「さっさと離婚してくんない？　じゃなきゃミューゼ様ルート進めらんないじゃん！　悪役令嬢なら悪役令嬢らしく惨《みじ》めに断罪されろっての！」

「……あなたの為に離婚しなければならない理由が分かりませんが？」

「馬鹿なの？　その頭の中に脳ミソ詰まってる?!　あんたは悪役令嬢なんだから、ヒロインである私に攻略対象者を譲るのは当然だって分かんないの?!」

「……理解に苦しみますわ」

　これはない！　性格悪過ぎじゃない?!

「とにかくさ、さっさと消えてくんない？　存在自体が不愉快！　邪魔！　目障り！　ありえない！」

その言葉に既視感を覚えた。例の同担拒否の人に全く同じことを言われたのだ。まさかこの子じゃないよね？

「ミューゼ様に言われたならば考えますが、あなたに何を言われようと私はミューゼ様と別れるつもりはありません！」

「マジありえない！」

リリン様が私を叩こうと手を振りかざしたのが見えたので、お腹を庇《かば》うように身を縮めたのだが衝撃は来なかった。

そっとリリン様を見ると、振り上げられた手は後の騎士団長マリオン・グルーガー様にしっかりと掴まれていた。

「大丈夫ですか、フェリー殿！」

「はい、私は大丈夫です……ありがとうございます」

「は、放して！　誤解なんだって！」

「言い争う声が聞こえたから来てみたが、まさか君が身重のフェリー殿に暴力を振るおうとするとは！」

「み、身重⁈　身重って⁈　え？　妊娠⁈」

「このことはミューゼにも報告させてもらう！」

「ちょ！　ちょっと待ってよ！　え？　何⁈　妊娠してんの⁈　え？　報告⁈　ヤダ！　なんで⁈　なんでぇぇ！」

「申し訳ありません、リリン様……そういう訳ですので……先程のお話はお断りさせていただきます」

「妊娠……嘘でしょ……ミューゼ様の初めては卒業後三年経って式の後だったはずなのに……」

あぁ、ファンディスクでの後日談にそんな話が入ってたなぁ……なぜだろう、綺麗に忘れてたよ。

卒業パーティでの断罪劇の後、順調に愛を育《はぐく》んだヒロインとミューゼ様は三年後に式を挙げる。式の後は当然初夜があり「この日をどれほど待っていたか」と色気ムンムンのミューゼ様がヒロインを抱き締めて二人の影が重なり夜が更けていく……的な感じだった、今思い出したけど。

あのファンディスクよりも濃厚な夜を私はとっくに味わっていて、その結果妊娠しているのだが。

打ち拉《ひし》がれるように呆然としてしまったリリン様を後目に、マリオン様が私を守るようにしながら教室まで連れて行ってくれた。

五時限目が始まってもリリン様は戻っては来なかった。


昼休みが終わる少し前に走って戻ってきたミューゼ様は酷い顔色だった。

「フェリー！　どこも怪我はないか？　大丈夫か？」

リリン様との話を聞いたのだろう。慌てふためく様子が子供のようで可愛いと思ってしまうのは不謹慎だろうか？

「大丈夫、少し話をしただけですよ」

「あの転入生に殴られそうになったと聞いた！」

「殴られていませんから大丈夫です」

「すまない、傍にいてやれなくて」

教室の中だというのに私を後ろから抱き締めるミューゼ様。その様子を見た女子達が黄色い悲鳴を上げている。

嬉しいけどそれ以上に恥ずかしすぎて地中に潜ってしまいたい気分である。

「見られてるから……」

「見たいやつには見せてやればいい」

腕にキュッと力が籠もり、頭のてっぺんにキスが落とされると、黄色い悲鳴は更に大きくなった。男子達の野太い「おぉぉ！」という声まで聞こえる。

「無事で良かった……フェリーに何かあったら俺は生きていけない」

「ふふっ、大袈裟な」

「大袈裟じゃない、本心だ」

前の席の女子と目が合った。リリン様と同じく子爵家のご令嬢であるアリザ・ザーボ様だ。夢見る乙女のような顔で私達を見ている。

「素敵♡」

彼女の口がそう動いたのが分かった。

周囲をそっと見渡してみると女子達の大半が私達をうっとりとした目で見ている。耳をそばだててみると「素敵だわ」「憧れるわ」「物語のワンシーンを見ているよう」という女子達の声が聞こえてきた。

極めつけは「フェリー様は本当に愛されているのね」という声とそれに同意する沢山の声。

やっぱり愛されているように見えるのか……私の勘違いとかじゃなく。

以前から愛されてた気はするけど、自信がなくて、だけどミューゼ様の甘さに触れると思考なんて霧散して深く考えないようにしていた。

周りからもそう見えるってことはそうなのだと思ってもいいんだよね？

妊娠したから責任を取って結婚してくれただけなんじゃないかという思いがあったし、ヒロインが登場したら最後には捨てられるのかな？　って思いがどうしても拭い切れなかった。

だけど、少しだけ自信を持ってもいいかな？

「ミューゼ様……大好きです」

「?!」

私の小さな呟きをきちんと拾った上で、目を見開き顔を赤く染めるミューゼ様が尊く愛おしい。

「俺も……愛してる」

教室の中だと言うのに唇が重なり、男女の歓声が響き渡った。

「ちょっ！　キスは！」

「ふっ……ミューゼ様と呼んだからな。これは罰だ」

再び唇が重なり直ぐに離れた。

「二度も⁈」

「フェリーが素直になったご褒美だ」

確かにご褒美だけどここでやることじゃなくない⁈　ミューゼ様のキャラ崩壊は絶賛進行中のようだ。


五時限目が終わって帰り支度をしていたらリリン様が教室に戻って来た。

髪も顔もボロボロでヒロイン感がなくなっている。

「転入生！」

ミューゼ様が冷たい声を発するとリリン様がビクッと体を小さく揺らした。

「ミューゼ……いいから」

「良くない！　今後もフェリーを傷付けようとするかもしれないだろう！」

「多分大丈夫だから」

目力をすっかり失くしたリリン様が青白い顔でミューゼ様を見ている。

「次フェリーに何かしたらお前を全力で潰す！」

完全に敵認定されたリリン様が少しだけ気の毒に感じた。

帰りの馬車の中でミューゼ様の膝の上に座らされた私は、その腕に包まれてずーっと抱き締められている。

「本当に良かったのか？」

「ええ、良いんです。せっかく転入されたのに、ミューゼが責め立てたら、彼女の居場所はなくなってしまうでしょ？」

本当ならばいない方が精神衛生上いいと思うけど、転入するのにだってお金も掛かる訳だし、しっかりとテストで合格して入って来たのだからその分頑張って欲しいと思う。養父母さん達の為にも。

ゲームでは平民で孤児だったヒロインを養女に迎え入れた優しい子爵夫妻という説明しかされてはいなかった。迎えた子を慈しみ、学園に転入出来るほどの教育を施した夫妻のことを考えると、ヒロインがどんな子であろうとも退学に追い込むような真似はしたくなかった。

この世界は結構教育機関が充実していて平民でも学校に通える。ヒロインも学園に転入してくる前までは平民が無料で通える職業訓練校に在籍していたという裏設定をファンブックで読んだ記憶がある。

職業訓練校と学園では学ぶものもそのレベルも全く違っていて、合格してくるだけでも凄いことだと思うのだ。

たとえそれが、私はヒロインよ！　的な思考による熱量の賜物だったとしてもその努力は本物。私達に関わってさえ来なければ普通に学園に通ってくれればいいし、むしろ養父母さん達の為にも頑張って欲しいと心から思う。

「フェリーは優し過ぎる」

「あら？　そうでもないですよ、ふふふ」

「俺の妻は最高過ぎるだろう」

何をもってして最高なのか分からないが、褒められて嬉しい。

「フェリーは俺が守る……」

「私、守られているばかりの弱い女じゃありませんよ？」

「分かってる……でも絶対に守る」

「ふふふ……私もミューゼを守りますわ」

そう言うとミューゼ様は私を見てそれはそれは甘く微笑んだ。

◆◆◆

ランベルト邸で暮らし始めて二週間が経った。

夫としてのミューゼ様に慣れた……訳もなく、四六時中ドキドキキュンキュンさせられっぱなしで、同室生活だから心が無になる時間もほぼなく、ミューゼ様の侍女スキルがメキメキと上がっていくことに疑問を抱きつつも楽しく暮らしている。

本日は卒業する為に必要な科目がない日なので学園には行かない。

なので今日はセナ様に屋敷での女主人としての仕事を教わりつつ、午後からは久々に友達とお茶をする予定だ。

ミューゼ様はクリス様と共に領地の見回りに行ったりと今日は忙しく、朝食後に「くれぐれも無理はするな！　あぁ、領地のことなど父上が全てやればいいのに！」と彼らしからぬ言葉を吐きつつも名残惜しそうに出掛けていった。

「フェリーちゃーん♡　やっとフェリーちゃんを独り占め出来るわー♡　いっつもミューゼがベタベタベタベタ張り付いててちーっともフェリーちゃんと二人きりになれないんだものぉ！　最近はどう？　悪阻は酷くなってない？　困ったことはない？」

「はい、大丈夫です。悪阻も軽いようですし、お義母様が配慮してくださっているお陰で食事も美味しく食べられますし、快適に過ごせています」

「んもぉ！　固い！　固いわよ、フェリーちゃん！　ミューゼみたいよ！」

「そ、そうですか？」

「私ねー、フェリーちゃんとは姉妹みたいな母娘になりたいの。いつかママって呼んでもらいたいし♡」

ママ呼び、諦めてないのかー。

「さ、フェリーちゃん、お出掛けしましょ？」

「え？　あの、勉強は？」

「ん？　あんなの口実よ、口実！　午前中は私とデートしましょう♡」

強引なセナ様に引き摺られるようにお出掛けすることになった。

そして現在。

私はセナ様のお気に入りの服飾店（王家御用達《ごようたし》の超高級店）で着せ替え人形と化している。

セナ様が選ぶ服は私が普段着ているものとは違ってかなりラブリーなものが中心だ。

こういうのは似合わないと躊躇《ためら》う私に「何言ってるの！　フェリーちゃんはとっても可愛いんだからこういう服の方が絶対似合うわよ！」と強引なセナ様。

着せられている感が半端ないのだが、セナ様は満足そうだ。

まだコルセットを着けていることを知った時は「まぁ！　駄目よ！　これからはコルセットは禁止！　危ないじゃないの！　ミューゼもどうして気付かないのかしら？　やっぱり男は駄目ね！」とプリプリと怒っていた。

セナ様が満足するまで服を選び、応接室（ＶＩＰルーム）で見るからに高級な茶器でお高いだろうお茶を堪能し帰宅した。

「お洋服は来週には届くから、届いたら遠慮なく着てちょうだいね？　お揃いで作ったからペアルックも楽しみましょうね」

いつの間にかセナ様もお揃いの服を注文していた。

愛らしいセナ様と悪役令嬢顔の私が揃いの服を着るなんてどうなの？

◆　◆　◆

「幸せそうじゃない！」

「そう見える？」

「顔にしっかりと書いてあるわよ」

午後からやって来た友達、ライエンス伯爵家のスザンナは私の顔を見るなりニヤニヤしながらそう言った。

その横でコクコクと頷くのはヨゼフ侯爵家のオリーヴ。

二人は私の数少ない親友である。

スザンナは思ったことをズバズバ言うタイプでオリーヴは口下手という正反対な二人なのだが、不思議なほどに馬が合う。

「結婚おめでとう」

オリーヴが控えめな声でそう言った。

スザンナもオリーヴも私より一つ年上なのでもう学園は卒業している。スザンナは来年結婚する為の花嫁修業中で、オリーヴは婿取りなので暇そうだ。

「まさか私達の中で一番初めに結婚するのがフェリーだなんて予想外だったわよね！　赤ちゃんが出来たんでしょ？　あのミューゼ様が早々に手を出すなんてもうビックリよ！」

「フェリーがお母さんになるなんて……凄い」

「で？　新婚生活はどう？　噂によると信じられないほど溺愛されてるそうじゃない？　氷の貴公子が灼熱の貴公子に変わったって聞いてるわよ?!　どうなの？　そこのところ」

「灼熱の貴公子⁈　何その渾名《あだな》！」

「私も聞いたわ。学園でキスするほどに溺愛してるって」

「なんでそれ広まってるのよぉ！」

二人に根掘り葉掘り聞かれてアワアワしながら答えているとミューゼ様がやって来た。

「ご歓談中のところ失礼」

「ミューゼ！　あら？　来たの？　大丈夫なの？」

「あぁ、少しだけ顔を出そうと思って」

ミューゼ様の蕩《とろ》けるような笑顔を見て二人は固まっている。

「ライエンス嬢、ヨゼフ嬢、これからも妻をよろしくお願いします。では私はこれで」

「もう行くの？」

「あぁ、父上を待たせているからな。フェリー、転ばぬよう気をつけるんだぞ。では行ってくる、行きたくないが」

流れるように私に口付けをすると愛おしそうに微笑んで去って行ったミューゼ様。

彼が去った途端スザンナが叫んだ。

「誰よ、あれ‼！」

あー、やっぱりそうなるか。

「誰よ、あれ‼　あの男が微笑む姿なんて初めて見たわよ！　別人じゃないの⁈　信じられないものを見たわ！」

「私も初めて見た……溺愛、本当だったのね」

「溺愛ってほどでもないと思うんだけど」

「溺愛よ！　あの何があっても笑わない氷の貴公子があんな甘ぁぁぁい顔で微笑んでキスするなんて天変地異の前触れでもなきゃ溺愛以外ありえないでしょう！　学園では階段でお姫様抱っこするし、家では侍女顔負けで妻の身支度を整える！　これのどこが溺愛じゃないって言うのよ！これは噂以上だわ！」

「貴重すぎるものを見たわ……」

　その後も新婚生活を根掘り葉掘り聞かれたことは言うまでもない。

◆◆◆

　ヒロインが転入して来て一ヶ月が経った。

　あの一件以来私達には近付いて来なくなったヒロインだったが、相変わらず精力的に攻略対象者達に近付いていている。

　ただマリオン様にはすっかり嫌われてしまったようで、王太子殿下と将来の宰相と幼馴染の間を日替わりで行ったり来たり。

　幼馴染以外の攻略対象者にはヒロインよりも爵位の高い婚約者がいるはずなのだが、めげないというのか根性が凄いと言えばいいのか、誰に文句を言われても、攻略対象者達に露骨に嫌な顔をされても全く気にせずガンガン攻めるヒロイン。

本来のゲームのルートを辿《たど》っている様子も、イベントを起こしてる様子もなく、とにかくグイグイガンガン猛進してる姿は、必死か！　と言いたくなるほどで、その姿からはゲームの中で見た可愛さなんて消え失せていて正直見苦しい。

ミューゼ様ルートが消えたことでやけを起こしているんだろうか？

今日は王太子殿下の日のようで、殿下がこの上なく迷惑そうな顔をしているのに腕にしがみついている。

「リリン嬢……すまないが少し離れてくれないか？」

「えー！　そんな冷たいこと言わないでください」

困ったように眉を下げて必死に腕を外そうとしている殿下が気の毒に見える。

好感度さえ上がればそろそろ二人の間に甘酸っぱい空気が流れ始める頃なのに、そんな雰囲気は微塵もなく、ひっつき虫と化しているヒロインと困惑する殿下の奇妙なスチルの完成である。

あの子は何がしたいんでしょうね？


ミューゼ様と二人きりで中庭でランチを食べているところにアリザ・ザーボ様がやって来た。

「折り入ってお願いがありまして……」

余程言い辛いことなのか中々切り出して来ない。

「不敬だと思われるかもしれないのですが……」

「どうぞ仰ってください」

言い出しやすい空気を作ろうと優しく声を掛けた。悪役令嬢顔だけども。

「お二人をモデルに小説を書かせて頂いてもよろしいでしょうか?!」

「はぁ？　……え？　小説？」

「はい！　駄目でしょうか？」

詳しく聞いてみるとアリザ様は小説を書いている作家の先生だった。これまでに三冊の本を出していて、それはオリーヴが愛読している本だった。

一度だけ読んだことがあったのだが、甘い恋愛小説だったのを覚えている。

「なぜ私達を？」

「学園でのお二人がとても素敵で、お二人をモデルにどうしても小説を書きたくなってしまって」

「どうする？　ミューゼ」

「俺は構わない」

嫌がるかと思っていたがミューゼ様はＯＫのようだ。

「そうね。モデルっていうだけで別に私達の実話でもないのだし」

「実話でも構わん」

「はぁぁ?!」

正気か?!　ご乱心か、ミューゼ様?!

「で、では、少しだけお二人の馴れ初めなどをお聞きしてもよろしいでしょうか？」

「馴れ初めか……聞いても面白味はないと思うが、別に構わんぞ」

「馴れ初めねぇ……顔合わせした時はお互い印象は最悪だったかしらねぇ」

「ん？　俺は一目惚れだったぞ」

「えぇぇ?!」

「まぁ！　そうなんですね！」

私は目が点に、アリザ様は目がキラキラになっていた。

一目惚れ?!　ミューゼ様が私に一目惚れ?!　何その話！　初耳ですが?!

「そ、その話、詳しく聞かせて！」

聞き捨てならない爆弾発言に前のめりで食い付いたのは言うまでもない。

「室外で髪色がルビーのように煌めいて美しく、表情をクルクルと変える優しげな瞳もとても可愛いと感じて一目惚れした」

「優しげな瞳?!　悪役令嬢顔じゃなくて?!」

「フェリーのどこが悪役令嬢顔なんだ？　こんなに愛らしく、美しい女は他に知らない」

愛おしげに目を細めて、アリザ様がいるのに当然のように私の頬を撫でながら見つめてくるミューゼ様にこちらが困惑してしまう。

「はぁ♡　本当に素敵♡」

そんな私達をアリザ様はうっとりと眺めていた。

その後も何日かに分けて取材を受けた私達。

卒業式の少し前に発売された『その氷を溶かすのは……』と題された、それまでの恋愛小説としては異例の男性視点での小説は、目新しさもさることながら話自体も素敵だと大ヒットするのだが、それはまた別の話。

　そして当然私達がモデルになっていることもバレバレだったのだが、ミューゼ様が満足気に「悪くない」と言っていたのはここだけの話。

ミューゼ side

俺とフェリーの出会いは十歳の頃だった。互いの家の利害が一致した為に交わされた婚約。

元々俺には同じ公爵位の令嬢との婚約が執拗《しつこ》いほどに打診されていた。

ベルモント公爵家のカリーティア嬢。カリーティア嬢が俺に一目惚れをしたらしく、家格的にも問題なかった為に最初に打診があった時は父も婚約に乗り気だった。だが、慎重を期す父がベルモント家を調査した結果、否と判断したようで立ち消えた。

その後も何度も打診があり困っていたところに、我が領地で大雨による河川の氾濫による被害が出てしまい、そういった方面に明るいロマンナ侯爵家と繋がりが出来た。

技術提供と資金援助を快く引き受けてくれたロマンナ侯爵家との繋がりを、この場限りに留めておくことを惜しんだ父が、俺とフェリーの婚約を打診した。

侯爵家と言えど歴史が浅く、舐められることが多かったロマンナ家は、公爵家という後ろ盾が出来ることを喜び、俺達の婚約が決まった。

親が決めたのならば俺は誰と婚約しようとどうでもよかった。

将来公爵家を継ぐ者としての勉強さえしていればいいのだし、煩わしくなるだろうがいずれ誰かと結婚もする。

　相手が家の為に役立つ者であれば好み云々《うんぬん》は些細なことだと思っていた。


　初めて会ったフェリーはとても可愛かった。

　赤みの強い茶色の髪は室内と室外では色味を変え、日に当たるとルビーのように光り輝く。

　柔らかい緑色の瞳はクルクルと表情を変え、雄弁で、思考が手に取るように分かる。

「この子が俺の婚約者か……」

　妙に胸の辺りがムズムズした。

　フェリーを前にすると何を話していいのか全く分からなくなり、元々口数が少ないのだが更に口数が減り、最初こそ笑顔を見せていた彼女の顔から笑顔が消えて行くのが分かるのに、どうすればいいのか分からなかった。

　そうこうしているうちにフェリーは俺を放って庭にしゃがみ込んで、鼻歌を歌いながら何かを始め、気になった俺が見に行くと地面に小枝で謎の生命体を描いていた。

「……何を、描いているんだ？」

　思わず声を掛けていた。

「見て分からない？　これが犬で、こっちは猫、そしてこれは鳥よ！」

　犬?!　猫?!　鳥?!　言われても全くそうは見えない。

「……下手過ぎないか？」

思わずそう言った俺にフェリーは頬をふくらませて「……別にいいでしょ！　楽しいんだから！」と言った。

「楽しい？」

「うん、楽しいわ！　あなたとただ座ってるよりずっと」

楽しいとはなんだ？　俺は物心付いた頃から楽しいなんて感情を抱いたことがない。

自慢ではないが俺は見た目が良い。そのせいで誘拐されかけたこともあったし、まだ幼い子供の俺に色目を使う女達にベタベタと触られることもあった。

うっかり微笑もうものなら勘違いした女達が俺を取り合うこともあった。

だから表情を隠すことを覚えた。父の仏頂面を真似れば近付く女はグッと減った。

俺が「好きだ」と言ったものをやたらと贈ってくる者達が多かったから、好きなものを作ることもやめた。

勉強に打ち込むことで外部の煩わしさからも遮断されるようになった。

そんなことを幼い頃から続けていたからか、いつの間にか子供らしさなんて失い、母からは「もー！　子供なんだから子供らしくなさい！」などと言われる実に可愛げのない、無感情なやつに成長していた。

だから「楽しい」なんて感情もすっかり忘れ去っていた。

「私のことが気に入らないのは仕方ないわ！　どうせ政略結婚なんだし！　だからって最初から私を睨んでばかりで話し掛けても無視する相手と一緒にいたって楽しくないじゃない！　だから

あなたも勝手にすればいいんだわ！　私も私で勝手に過ごすから！」

フェリーに言われた言葉は衝撃的だった。

仏頂面と何を話していいのか分からずに黙っていた弊害が思わぬ形で跳ね返ってきたのだ。

睨んでいるつもりなんてなかった。

楽しそうに話をするフェリーを見ているだけで満足だったし、どう答えていいのか分からなかったから黙っていただけだったのだが、フェリーには何一つ伝わっていなかったのだ。

今となれば言われて当然だと分かるのだが、あの頃の俺は幼すぎてそこまで考えが至らなかった。

それから俺はなんとか話をするようにした。フェリーに嫌われたくはなかったからだ。

どうして嫌われたくないのかその時は分からなかったが今ならば断言出来る。俺は出会った瞬間からフェリーに恋していたのだと。

フェリーは俺の知らない俺を発見してくれた。

「私が下手だって言うならあなたはどうなのよ！」

そう言われて簡単に描いた絵をフェリーは手放しで褒めてくれた。

「凄い！　上手！　どうしてこんなに上手に描けるの？　天才じゃない！　凄い！　凄すぎる！」

頬を染め、目をキラキラと輝かせ、打算もなくひたすらに褒めてくれるフェリーの様子が嬉しくて、また褒めて欲しくて、俺はそれから毎年フェリーの肖像画を誕生日に贈るようになった。

受け取る度にフェリーは「凄いわ！　本当の私よりも数段綺麗に描いてない？　画家になれるわよ！」と喜んでくれた。

俺としてはフェリーの愛らしさの半分も表現出来ていない不出来な絵でしかないのだが、フェリーは絵を受け取ると家族にまで見せては「凄いでしょ！」と自分のことのように自慢していて、その姿もまた可愛すぎた。

そして「楽しい」と言うものがどういうものなのか分かるようになった。

フェリーのことを考えながら絵を描く時間は楽しい。

フェリーが喜ぶ顔を思い浮かべると楽しい。

フェリーが楽しそうに話す姿を見ていると楽しい。

俺の楽しいという感情は全てフェリーに直結していた。

フェリーといるだけで楽しく、幸せで満たされる。

「それが恋よ」

母は実に楽しそうにそう言った。

そうか、俺はフェリーに恋をしているのか。

自覚するともう止まらなかった。フェリーの目に入る男共が嫌だと思ったし、その目に映るのが俺だけだったらと歪《いびつ》な考えすら浮かんでくる。

自分がこれほどまでに狭量で嫉妬深い男だったなんて知らなかった。

だが悪くない。

フェリーの表情に、仕草に一喜一憂して振り回される自分が滑稽だったが好ましい。今の自分は悪くないと思える。

母を溺愛している父の気持ちが分かった。

あのいつも仏頂面の父が母の前でだけは笑ったり涙目になる姿はいつ見ても不気味だが、俺もきっとフェリーの前ではあんなに情けなくなってしまうのだろう。

自分の未来を見ているようで笑えたが、それを悪くないと思っている時点で俺は完全にフェリーに落ちているのだ。

第二章

私宛の手紙が届いた。差出人の名前を見てビックリ！

『キリアン・ヘドリック』

キリアン・ヘドリックとは闇落ちすると裏社会のボスになるヒロインの幼馴染である。

キリアン（様は付けません！　脳内でくらい許せ！）は伯爵家の一人っ子なのだが、先代伯爵の領地改革の失策による莫大な借金のせいで没落寸前であり、ヒロインと結ばれると恋愛脳を炸裂させて家を継ぎ見事再起させるのだが、バッドエンドの場合は伯爵家は綺麗に没落し、キリアンは無一文で市井《しせい》に放り出され、世間の冷たく無情な風に晒され続けた結果、闇落ちして裏社会と繋がりを持ち、最終的に裏社会を牛耳《ぎゅうじ》るボスになるという、バッドエンドが一番最悪なキャラクターである。

ヒロインとの出会いは彼女がいた孤児院で、彼女はキリアンの身分を知らずに仲良くなるという設定だった。

因《ちな》みにキリアンはヒロインに一目惚れで、気色が悪いくらいに一途《いちず》に惚れているという設定でもあった。

ファンディスクでは闇落ちしてボスになった後の話が収録されていて、幸せになったヒロインを祝福しつつも実は酷く妬み、また執着していて、何かと破局する方向で悪事を画策《かくさく》するのだが尽く失敗。

　報《むく》われないなぁと思っていたら、ヒロインが産んだ彼女そっくりな女の子と後に年の差婚をし、華麗に貴族社会に復活を果たすというとんでもないハピエンエピで度肝を抜かれた。

　二十四も年の離れた裏社会のボスによく嫁がせたな！　ってゲーム板は騒然としてたっけ。

　そんな相手からの手紙がなぜか私に届いた。

　手紙の内容は「リリンのことでご相談したいことがあります。お時間をいただけませんか？」というものだった。

　なぜヒロインのことを私に相談するの？　別に仲良くないんですがね、全く。相談する相手を間違えていませんかね？

　でもまぁ、別に話を聞くだけならいいかな？　と思ってミューゼ様に手紙を見せてお伺いを立ててみた。

「必要ないだろう！」

　ですよねー！　としか言えない返事が返ってきた。

「なぜフェリーがあの転入生のことで相談を受けなければならないんだ?!　なんの関係もないだろう！　むしろ危険に晒された被害者なのに」

「まぁ、そうなんだけど……ただ、話くらい聞いてあげてもいいかな？　と思って」

「必要ない！　……二人きりで会わせたくもない！」

「ん？」

「相談となればこの男と二人きりで会うのだろう？　そんなことは許せる訳がない！　嫌だ！」

も、もしやヤキモチですか⁉　妬いてくれるのですか⁉　最後の「嫌だ！」って何⁉　言い方といい顔といいズキューーーンと来たんですが‼

思わぬヤキモチに鼻血と吐血、ダブルで噴きそうになった。

「で、でも、私で役に立つなら話くらい聞いてあげてもいいかな、と」

「フェリーが優しいことは十分理解している。が！　優し過ぎる！　女神なのか、君は？」

え⁉　どこから女神が出てきた⁉

聞いてあげてもいいかなって言ったのは、もしかしたらちょっと妬いてくれるかな？　という邪な気持ちがふんだんに含まれていたんですが、それのどこに女神要素が⁉

「可愛くて美しくて優しいなんてもう女神だろう！」

大丈夫か、ミューゼ様⁉　正気に戻れ！　相手は私だぞ！　私なんだぞ！

「あ、あの、ミューゼ？」

「俺が焦がれて手に入れたのは女神だったか……」

駄目だ、思考が完全にショートしてるよミューゼ様。戻ってこーーーーーい!!!　と心の中で山のてっぺんからこだま響かせながら大絶叫してみたがミューゼ様はついぞ戻って来なかった（どういうことかな？）。

お断りのお手紙を出したのだが、キリアンは何度も手紙を寄越してきた。

余りに必死なので、ミューゼ様にお願いして了承してもらい、会うことになったのだが、「人目に付いてありもしない噂が立つのは許せない！」とのことで我が家（キャー♡　言っちゃった♡）に来てもらうことになり、「密室で二人きりには絶対にしたくない！」と言うので屋敷から丸見えになる庭で会うことになった。

聞かれたくない話かもしれないとミューゼ様はすぐ駆け付けられる庭に面した室内でこちらの様子を見つめるというオプション付きである。

約束の時間よりも少し早くやって来たキリアンはまずミューゼ様に「この度は大変申し訳ありません。こちらの都合を受け入れていただきありがとうございます」と深々とお辞儀をした。

「フェリーに何かしたら殺す」

物騒な発言をしたミューゼ様は絶対零度の貴公子さながらに相手が凍り付きそうな冷気を放っていた。

ミューゼ様の視線をビシビシ感じながら、庭に用意してもらったテーブルと椅子に腰掛けて「で？　どういったお話なのでしょうか？」と切り出した。

「ランベルト夫人は最近のリリンをどう思いますか？」

ランベルト夫人?!　何その素敵な響き！　夫人で間違いないんだけど、初めて言われたよ！

「どう、と聞かれましても、元からの知り合いでもございませんし……元気なお方なのだなぁとは思いますが……」

「夫人はお優しいのですね……あれを元気と言うには行き過ぎているというのに」

それからキリアンの口から二人の出会いからこれまでの話を聞いた。

設定通り慰問で訪れた孤児院で出会った二人は、意気投合して仲良くなり、孤児なのに明るく前向きで優しく可愛い（キリアン力説）リリンを好きになったそうだ。

そんなリリンの様子がおかしくなったのは学園に編入するかもという話が持ち上がった直後かららだったらしい。

突然「そうだ！　それってトゥーラバだ！」と叫んだリリンにキリアンは驚いたそうだ。「トゥーラバとは何かご存知ですか？」と聞かれたが知らないと答えた。言える訳がないよね、知ってますなんて。

そこからリリンは猛勉強して学園の編入試験に合格し「これでキリアンと同じ学園に行ける！」と喜びつつも「攻略対象者に会える！　ミューゼ様に会える！　推し！　推しがいる！」と大興奮だったらしい。その姿が目に浮かぶようだわ。

でも、こ、これは、相談という名の独白ではないのか?!　と話を聞きながら思っていた。

ゲームの中で当然のように親切丁寧にあれこれと語ってくれたキャラクター達。そこまで聞いてないよ?!　ってことまで語ってくれた超親切設計。それを目の前で行っているキリアン。

トゥーラバをプレイしてた側だった記憶がある私としては非常に興味津々だし嬉しい限りだが、一般的に考えたらおかしい。

普通に考えて、初めて会話をする相手に自分達の出会いから現在までを、来て十分も経たないうちに話し始めるって異様だ。

こういうところがゲームっぽいよねー。

勝手に話してくれるんだから聞いているが、内心ではとっても失礼なことを考えている私であった。

学園に編入してからのリリンは真っ先にミューゼ様を探していたらしいのだが、ミューゼ様が現れたのは一週間後で、その隣には当然私がいて、そんな私達を見たリリンは「はぁ?!　ありえない！」と叫んだそうだ。

でもありえないのはリリンの方（キリアン視点）であった。

編入してすぐに王太子殿下に近付き、現在側近であり後の宰相となる（キリアンはこんな情報知るはずもないけど）ヒューゴ・オラリスにも近付き、後に騎士団長になるマリオンにまで近付いたリリンにキリアンは「お前！　何考えてるんだよ！」と詰め寄ったそうなのだが、リリンは聞く耳を持たなかった。

その後すったもんだあって（非常に話が長いので割愛）現在。

リリンは殿下の婚約者であるシャーリン・レズモンド公爵令嬢に嫌われ、シャーリンの周囲にいる人達（取り巻き）がリリンを敵認定していて、指摘と称した嫌味や嫌がらせを始めたらしいのだが、そのことについてリリンは「ついに始まったー！　これから断罪一直線コース！」と嬉しそうなのだそうだ。

「リリンは頭がおかしくなったのでしょうか？」

「……さぁ」

リリン的には最後に自分が選ばれる為の布石だと思っているんだろうけど、殿下達の対応を見ている限り、殿下達が今のリリンの為に虐めの証拠を集めて婚約者を断罪するだけの熱量がありそうには全く見えない。

多分このまま突き進んでもリリンが選ばれるであろう未来はほぼないだろう。

まかり間違って絆《ほだ》されたとしても、国が決めた婚約を破棄するまでの熱量なんてないまま、学園に通っている間だけの甘酸っぱい思い出で終了しそうである。

本当にあの子は何がしたいのやら……。

そして今目の前にいるキリアンは何を相談しに来たのだろう？　話を聞いている限り愚痴にしか聞こえない。愚痴る相手を間違えてない？　私である必要があった？

一通り話し終わったのは一時間ちょっと経った頃だった（長いわ！）。

「リリン様のことがお好きなんですね……」

これしか言えん！

「はい、リリンのことが好きでした……でも今はもうその気持ちもよく分からなくなってきました……今のリリンは異様です。狂ってしまったのかと思えるほどに……僕はどうしたらいいのか……」

うん、やっぱり相談する相手が違うよね⁉　君の周りには適任者いないのか⁉　友達いない系⁈　……私も友達は少ないけども。

「……なんと申し上げるのが正しいかは分かりませんが……一度距離を置いてみたらいかがです？　近過ぎて見えないこともありますし、離れてみて気付くこともあるはずですよ？」

「離れる……」

「私にはリリン様の真意は分かりませんし、キリアン様が今後どうしたいのかも分かりませんからなんとも言えませんが……」

「……そうですね、離れてみるのもいいかもしれませんね！　あなたに相談して良かった！　ありがとうございます！」

えー⁈　どこに感謝される要素が？　ねぇ、大丈夫⁈　大丈夫ですか⁈　私、話を聞いて、離れてみたら？　と言っただけだよ⁈　その流れのどこに感謝されるポイントありました⁈

「また相談に乗っていただいてもよろしいでしょうか⁈」

子犬部分が全面に出たクルクルキュンキュンな顔でそんなことを言われたら断れるはずがない。

「わ、私でよろしければ……」

気付けばそう言っていた。

キリアンが帰った後すぐに駆け寄ってきたミューゼ様。

「あの男の臭いがする！」

ということでお風呂に直行され、恥ずかしいのにミューゼ様の手で体中磨かれ、その後膝の上に座らされてずーっと抱き締められ……彼が満足するまで二時間もその状態だった。

そしてまた相談に乗ってくださいと言われたことを伝えたら「……消すか」と真顔で言っていた。

キリアンがリリンと距離を取り始めたようだ。キリアンがリリンとは別行動する姿を見かけるようになったのだ。

それに伴いなぜか私がリリンに物凄く睨まれているのだが直接の被害はないので放置している。

でも今、私は放置していいのかどうか迷う局面に立たされている。

トイレの個室に入ったら扉の外から女子達の声が聞こえて来て、不穏な空気が漂い始めたのだが、「ふん！　どうせ私に嫉妬してるんでしょ！」と虚勢混じりで言い返した声がどう考えてもリリンで……。

「相手にされてもいないのに生意気なのよ！」

「元平民の孤児の癖に殿下に色目を使うなんて何様なの?!」

女子達は段々とヒートアップしてきていて、声がどんどん大きくなっている。

トイレも済んだし、本当は出て行きたいんだけど、水を流すのすらも躊躇うこの状況。いや、流せよ！　汚いよ！。

その時ビタン！　と不穏な音がした。

「あんたなんか汚い床に這《は》い蹲《つくば》る姿がお似合いなのよ！」

え?!　これってヤバくない?!　そう思ったら体が勝手に動いていた。

ドアを開けると、床にしゃがみ込んだリリンを取り囲む女子達の姿があった。あ、ちゃんと流しましたよ。

「何をなさっていらっしゃるのですか？」

　この時ばかりは自分の悪役令嬢顔に感謝した。蔑《さげす》むような視線で小さく笑っただけで勝手に怯えてくれる女子達。顔だけで怯えてくれるって中々ない。

「こ、この子が勝手に転んだのよ！」

「まぁ！　……ですが先程『汚い床に這い蹲る姿がお似合いなのよ』と聞こえましたけど？」

　チラリと視線を動かすと、私と目が合った女子が「ひぃっ！」と小さな悲鳴を上げた。

「わ、私達は、学園内の秩序も守れないこの子に注意をしていただけですわ！」

「まぁ！　集団で取り囲んで罵声を浴びせることが注意になるのですね。勉強になりますわ」

「わ、私達は別に罵声なんて……ねぇ？」

「そ、そうですわ……」

「あら？　それでは私の聞き間違いですわね。失礼致しました」

「あ、私、先生に呼ばれていましたわ！」

「そ、そうね！　早く行きましょう！」

　女子達はそそくさと退散してくれた。良かったー！　勝手に怖がって逃げてくれて本当に良かったー！　と内心で安堵しまくりの私。

「なんであんたが私を助けるのよ！」

女子達がいなくなったらリリンがそう言ってこちらを睨んできた。

「とりあえずお立ちになったら？　そこに座っていると冷えますし、汚いと思いますわよ？」

「ふんっ！　言われなくても立つわよ！」

立ち上がったリリンは一層目に力を込めて睨んでいる。ヒロインの愛らしさはどこに行った?!って顔で。

「助けてもらったなんて思わないから！」

そう言うとその場を立ち去って行った。

トイレの前で扉に背を向けて待っていたミューゼ様。

トイレ内の声は漏れていたようで「フェリーは優し過ぎだ」と言われてしまったのだが、優しかったらもっと早くに助けに入っていたと思う。

◆◆◆

帰宅すると家にお医者様がいらしていた。すっかり忘れていたのだが、今日は定期検診の日だった。

ランベルト家のお抱え医師であるミヤ様はこの世界では珍しい女医さんである。

お年は五十代半ばくらいで、見た目はおっとりした感じなのに結構毒舌でズバズバとものを言う。

問診の後にお腹を触診され、前世で知っているものよりも大きくて聞き辛そうな、先端に小さいラッパ状のものが付いた聴診器で私の心音と胎児の心音を聞き「順調だね！」と言われたのだが、上げて落とすのが大得意なミヤ先生はその後食事面や生活面でのダメ出しをしてきて、私の精神をじんわりと抉ってくれた。

「悪阻が極端に酷いって訳でもないのに偏《かたよ》った食事ばかりするなんて馬鹿なのか⁉　お腹の子に栄養を供給する為にも好き嫌いせずにきちんと食え！　それが母親としての仕事だろう！」

「はい、すみません……」

「やれと言っていた体操はやっているのか？」

「……すみません」

「まさかとは思うが、まだ夜の行為はないだろうね？」

「よっ⁉」

「我慢している！」

「よろしい！　安定期は目前だ。それまではしっかり我慢するんだね」

すかさず「我慢している！」と会話に入ってきたミューゼ様。定期検診にもしっかり同伴である。

その後「ミヤと少々話がある」とミューゼ様は私を部屋に戻すとミヤ様と話を始めた。なんの話をしているのか予想はつくが考えないようにした。

「安定期に入ったら我慢する必要はないんだな？」

「まぁな。だが、だからって抱き潰すような真似は容認出来んがな」

「分かっている」

「激し過ぎるのも駄目だぞ！　子宮に負担をかけると子が流れかねんからな」

「了解した」

「お前は我慢がきくタイプだと思っていたのだが、相手がフェリーだと話が変わってくるようだからな。愛しい妻を壊したくなければ精々自重するんだな」

「ふっ……愛しい妻か。違いない」

「……お前もそんな顔が出来るのだな」

　愛しい妻と言われて蕩けるような笑みを浮かべたミューゼを、ミヤは面白いものを見るような目で見て笑った。

　ミューゼを幼い頃から知っているミヤ。ミューゼが笑うのはフェリーに関する時だけだということもよく分かっていたのだが、ここまでの笑みを浮かべるミューゼを見たのは初めてだった。

「幸せそうでなによりだ」

「幸せ過ぎて時々夢ではないかと思うほどだ」

「まさかお前の口から惚気を聞く日が来るとはな」

　人は変われば変わるもんだと思いつつ、クリスとセナのことも知っているため、あぁ、そういうところも遺伝するのだなと、目の前の不器用で実は愛したがり屋の青年を微笑ましい気持ちで眺めていた。

ミヤ様にやれと言われた体操は前世のストレッチのようなものである。

この世界、妊娠すると「運動するな！　動くな！」というのが基本的な考えなのだが、ミヤ様は「妊娠は病気ではない！　適度に運動しない方が体に悪いわ！」と妊婦にも適度な運動は必要だと考える先進的な人である。

その体操はミヤ様の考案のもので、斬新な（棒人間的な）図解付きの説明書きを頂いている。

「これは……人なのか?!」

その説明書きを見たミューゼ様は、私の絵を初めて見た時と同じような反応をしていた。

安定期に入るまでは血の巡りを良くして浮腫などを軽減する足の体操が主で、安定期に入ったら少しずつ腰や首の体操も始めるといいらしい。

という訳でベッドの上で体操を始めたのだが、なぜか後ろにミューゼ様がいる。ベッドの上に座っているのに、その私をバックハグする形でミューゼ様がしっかりと抱き締めている。なぜ?!

「気にするな。始めていいぞ」

いやいやいやいや！　気にするなって無理！　気になり過ぎて意識が全部持ってかれるから！

そうして始めた体操だが全く集中出来なかった。ストレッチごときで集中する必要もないのだが、ストレッチの後半は自分が何をしていたのかすら記憶にない。

だってミューゼ様ったら段々と耳や首筋にキスをし始めるんだもん！　ひゃん！　と変な声が出たらそれはそれは嬉しそうに「良い声だ」って言って更にキスを増やすもんだから、記憶も飛ぶって。

「フェリーは男の子と女の子、どっちだったら嬉しいんだ？」

「どちらでもいいです。ミューゼに似た子だったら嬉しいです」

「俺に似た子?!　却下だな。フェリーに似た愛らしい子がいい」

ミューゼ様は自分の容姿を好きではないようだ。

小さい頃に美し過ぎる容姿のせいで誘拐されかけたり色々あったそうだが、そういうことは設定には書いていなかったから凄く驚いた。

ミューゼ様の性格は公爵になる為の厳しすぎる勉強のせいだと思っていたし、設定でもそうなっていたのだが、本当は違っていて、幼少期にそんなことが起きたらそりゃ表情も消えるだろうなぁと、まだ出会う前の幼いミューゼ様を思って胸が痛くなった。

「ミューゼに似ている子供、絶対可愛いと思います。小さい頃のミューゼも可愛かったし」

「可愛かった？　あんな笑いもしない子供だったのに？」

「そりゃ、最初は睨んでくるし無視するしで最悪だと思ってましたけど、本当は不器用なんだなって分かったら可愛いと思えるようになりましたよ？」

「……フェリーは俺の容姿だけを見る女達とは違ったな、最初から」

ミューゼ様が私の髪を優しく撫でている。その触り方が本当に優しくて眠くなりそうである。

容姿での苦労は精々第一印象がめちゃくちゃ悪いくらいしかない私にはミューゼ様の美し過ぎるが故の弊害は想像することしか出来ない。

ミューゼ様の頭を撫でると、彼は気持ち良さそうに目を細めた。

「俺はフェリーに似たルビーのような髪に優しい瞳の子がいいな」

私の目を優しい瞳だと言うのは家族以外ではミューゼ様だけだ。

大きく吊り上がった、良く言えば猫目、悪く言えば睨みつけるような目のどこを見て優しそうに見えるのか謎だが、とても嬉しい。

「アイスブルーの髪の青い目の子も絶対可愛いですよ」

「顔立ちがフェリーに似てくれれば、髪や目の色は俺のを受け継いでくれても構わない」

「そんなに嫌ですか？　自分に似た子」

「……嫌ではない。だが、俺と同じような経験をするかもしれないと思うと……気の毒だ」

この人は『氷の貴公子』なんて言われて、表情も乏しく、また冷たい物言いをするので誤解されやすいが、基本的に優しいのだ。私なんかよりずっと優しくて大きい。

「心配性なお父さんですね」

お腹に手を当ててそう言うと、ミューゼ様は少しだけ驚いた顔をした後「お父さんか……良いな」と照れ臭そうに笑った。

「俺は良い父親になれるだろうか？」

「なれますよ。ミューゼは優しいから」

「俺を優しいだなんて言うのはフェリーだけだ」

「ふふふ、そうなんですか？　じゃあ皆さんは損されてるんですね。こんなに優しいミューゼを知らないんだから」

「こんな俺を知るのはフェリーだけでいい」

優しくて甘い時間が流れて行った。

◆
◆
◆

「すまない、フェリー。今日は学園に行けなくなった」

朝食をすませ、クリス様に呼び止められたミューゼ様を置いて一人で部屋に戻っていたら、遅れて戻って来た彼にそう言われた。

「昨日、隣の領地で集中的な大雨が降った。治水事業が終わったばかりだから、川の状況を見てきて欲しいと頼まれてしまった」

私達が婚約するきっかけとなった川の氾濫による大規模な治水事業。その川の氾濫の原因もお隣の領地で降った雨だった。

お隣の領地は前世でいうところのゲリラ豪雨が度々降り、たまにそれがシャレにならないレベルの雨量になる。

川はお隣の領地とも繋がっている為、そこよりも下流に位置するランベスト領はその被害を被りやすい立地にある。

実際私の父も協力した治水事業が完了するまでに何度か小規模の川の氾濫が起きていたし、そのたびに治水事業は中断されていた。

　五年を予定していた治水事業は八年弱掛かりようやく完了。完了後初のゲリラ豪雨だった為、王城に登城予定のあるクリス様の代わりにミューゼ様が川の状況を確認しに行くことが決まったそうだ。

「ここしばらく大雨がなかったのだがな……」

「気を付けて行ってらっしゃいませね」

「行きたくない……フェリーを一人にするのは不安だ」

「子供ではないのですから、一人でも大丈夫ですよ」

「俺がいないとあの転入生がまたフェリーに何かするかもしれないだろう」

「大丈夫ですよ、きっと」

「いや、やはり駄目だ！　護衛を頼もう！」

「護衛?!　いりませんよ！」

「フェリーを他人に任せるのは不本意だが……背に腹は変えられん！」

「変えてください！　いらないですから！」

「早馬で使いを出せば登校までに間に合う！　大丈夫だ！　任せておけ！」

「必要ないですってぇぇぇ！」

　私の叫びなど聞かずに行動に移したミューゼ様。過保護?!　過保護なの?!

学園に行ってみると待っていたのはキリアンとマリオンだった。

馬車から降りようとする私に二人は手を差し伸べてきた。

二人の手を取り馬車を降りる私……。何、この構図は?!　攻略対象者二人にエスコートされる悪役令嬢っておかしくない?!

「本日はミューゼ様の代わりに精一杯お守り致します！」

子犬キャラ丸出しで明るくそう言うキリアン。

「頼まれたからには全力でお守りしよう！」

騎士然とした立ち姿のマリオン。

「い、いいえ、大丈夫ですから……本当に大丈夫ですから」

断る一択しかないと思ったのだが、全く聞く耳を持たないお二人。本当になんなの、この状況は！

階段に差し掛かると当然のように私をお姫様抱っこしようとしたマリオン。

「自分で上れます！」

「何かあっては申し訳が立たない！」

ここでも聞く耳を持たないマリオン。結局押し負かされて、お姫様抱っこされて階段を上るはめになった。

階段の先にはリリンがいて、般若のような顔でこちらを見ていた。

キリアンがそれに気付いて、「あいつ……本当に別人だな」と呟いていた。

教室に入ると私の右隣にキリアン、左隣にマリオンという両手に花状態になってしまった。

クラスでの席は基本自由で、どこに座ってもいいことになっており、いつもはミューゼ様が決めた席に座っている。

今日は一人で後ろの方の席でのんびり座っていようかと思っていたのに、今いるのは教室のど真ん中に位置する席。皆の視線が痛い！　痛すぎる！

「おはようございます、フェリー様。今日はランベスト様はいらっしゃらないのですか？」

「今日は急な視察が入ってしまって来ないのよ」

「で、お二人は、何を？」

挨拶に来てくれたアリザは私の隣に張り付いているキリアンとマリオンを見て不思議そうにそう言った。

「僕達、フェリー様の護衛を頼まれたんだ」

ワンコさながらに愛くるしい笑顔でキリアンがそう言うとマリオンが黙って頷いた。

「護衛ですか？」

「いらないからやめてって言ったんだけど……」

「愛、ですね！　ランベスト様の愛！」

アリザはキラキラした目をしている。愛なのか?!　単に心配性な過保護さんじゃないのか?!

休み時間はいつもならミューゼ様と二人で会話したりしているのだが、本日はいない訳で……

どうしようかなーと思っていたらキリアンが口を開いた。

「僕、リリンのことはもうキッパリと忘れることにしました！」

「え?!」

「彼女はもう僕の知らない別人としか思えない。だからもういいんです！　そんなことよりも今は我が家の窮状をなんとかしたいと思っていて……」

　あぁ、そうだよね、君んち大変だもんね。

「ヘドリック家といえば先代の失敗のせいで窮地に立っていると聞くが、本当なのか？」

「お恥ずかしい限りですが本当です」

「そうか……大変なのだな」

　ヘドリック伯爵家はさほど大きくない領地を有しており、堅実に領地経営を行っていれば今のように窮地に立つことはなかった。だが、他国で成功例のある斬新な改革（内容は知らない）で領地を繁栄させようと考えた先代伯爵が、周囲の反対も聞かずにその改革案を強行し、失敗して莫大な借金だけが残された、という設定だった。

　ヒロインと結ばれると、キリアンが張り切って見事復興させるというのは知っているが、どうやって復興させたのかはどこにも説明されていなかったから知らない。

「ヘドリック領と言えば綿花《めんか》か」

「そうです、うちは綿花の栽培が盛んで……普通に領地を経営していれば黒字収益が見込めるのに、先代は何を考えていたのやら……」

「綿花って、ワタよね？」

「ワタ？　なんですか、それ？」

自分で言って初めて気が付いた。この世界にはワタがないのだ。クッションなどの中身は細かく裁断された布で、布団などは羽毛や羊毛が使われているのだが、なぜかワタだけは存在していなかった。

綿花があるなら普通にワタとして使っても良さそうなものなのに。なぜ今まで気付かなかったんだ、私！　クッションのなんとも言えないゴワゴワは違和感でしかなかったはずなのに、ワタの存在をすっかり忘れていたよ！

「綿花を見てみたいですわ！」

ワタが手に入るかも！　という邪な考えでそう言ったら、二つ返事でＯＫをもらい、後日ヘドリック領に行くことが決まった。

ミューゼ様に事後承諾をもらったのだが、当然当日はミューゼ様も同伴し、なぜかマリオンも着いて来た。


やって参りましたヘドリック領！　公爵家の領地に比べたらこぢんまりとしていてのどか！　見渡す限り一面畑！　見掛けた領民は皆麦わら帽子を被って畑仕事をしている農夫さん達オンリー。のどかすぎる。

ヘドリック邸に到着すると子犬を彷彿《ほうふつ》とさせる走り姿で「ようこそいらっしゃいました！」と駆け寄って来たキリアン。まだ闇堕ちしてないから可愛いんだよねー、実は腹黒設定だけど。

「何もないところで驚いたでしょう？」

「来る時に見えたのは全部綿花の畑なのかしら？」

「そうです！　見渡す限り綿花畑です！」

ヘドリック領は数代前の御先祖様が、他の領地にはないものを！　と綿花栽培を促進し、それが大当たりしたので、領地で栽培するものは全て綿花にシフトチェンジさせたらしく、それ以外は個人で食べる分の野菜などを栽培しているだけなのだそうだ。

　綿花がまだ珍しかったうちはかなり儲けたそうだが、他の領地でも栽培され始め、価格が安定すると、赤字にはならないが大きな黒字にもならない収入しか得られなくなったらしい。

　キリアンのお父さんは「時代は絹《きぬ》だ！」と綿花畑を潰して蚕《かいこ》の餌となる桑の木を植えようと考えたらしいのだが、桑の木も蚕もこの国原産ではないので、入手するだけでも大変な上資金が相当必要だと知り断念したそうだ。

　キリアンの血筋って猪突猛進型が多いのかな？　先代は斬新な改革をしようと突っ走り、数代前の御先祖様は領地の畑全部を綿花にしちゃう独走ぶりを発揮、キリアン父は綿花潰して桑の木植えちゃえ！　と突っ走りそうになり資金面で断念。極端過ぎない？

　キリアンもそういう血を引いてるのかな？　だから闇堕ちして裏社会のボスに君臨して、ヒロインと瓜二つの娘と年の差婚なんてとんでもない道を歩んだのか?!　思い込むと周りが見えなくなるタイプなのは間違いなさそうだけど。

「綿花を見たいのでしたよね？」

　キリアンに案内されたのは収穫された綿花が保管してある倉庫だった。

　ズラリと並んだ倉庫の一つに案内されたのだが、そこには尋常ではない量の綿花があった。

「契約していた製糸工場が他の領地に引き抜かれてしまって……うちよりも破格の契約内容だったらしく……」

　これだけ綿花を栽培してるのにどうして自領に工場がないの?!　普通作るでしょ、そういうの！　自領で糸から布まで生産できるラインを確保するもんじゃないの?!

「僕もあった方がいいと言ったんですけどね……なんせうち、お金がなくて……」

　キリアンの家の状況は私が思っている以上に困窮しているようだ。糸を作る工場と契約出来ていないから綿花だけが余っていて、余剰在庫の山が出来上がっている。

　これが売れなきゃ収入は赤字確定！　キリアン父よ！　お前、経営下手だろ！　下手すぎだろ！

　でもまぁ私からしたら思う存分ワタが使えるのだから有難いのだが（お金は支払いますよ、もちろん！）。

　ワタの話をした時ミューゼ様が「腸《はらわた》の一種か?!」と微妙な顔をしたのには笑った。

　本当になんでこの世界ってワタを使ってないんだろう？　羊毛や羽毛の方が管理は面倒だし大変なのに。

　倉庫の一画にシート状になった綿花を見つけた。

「これ！　これが欲しいです！」

綿花を工場に運ぶ際にはシート状にしてから運搬するそうなのだが、工場と契約できないからシート状に加工するのも途中でやめてしまったらしい。

「そんなものを何に使うんだ？」

ミューゼ様が興味深そうに見ている。

私は前もって用意していたクッションカバーを取り出した。もちろん私の手縫いである。

この世界、手芸（主に刺繍）は淑女の嗜《たしな》みであり、出来て当たり前なこととして小さい頃から手ほどきを受ける。

私は刺繍よりも裁縫の方が好きだったので、少し嫌な顔をされながらも裁縫のスキルも磨いて来た結果、簡単な服くらいなら自分で縫えるようになった。

前世でも推しグッズをせっせと自作していたからね。

綿花シートを折り畳み、クッションカバーの中に押し込み、持ってきて来た簡易ソーイングセット（自作）を取り出して、まだ縫い合わせていない部分をサクサクと縫い合わせた。

「ジャーン！　クッションです！」

私の様子をポカンとした顔で見ていた三人は、私の喜びの声でハッとしたようにこちらを見た。

「触ってみて下さい！　感動しますよ！」

ふわふわモフモフのクッションは従来製品とは違って絶対に気持ちいいこと間違いなしだ。

「軽いな……それに、なんだ、この感触は?!」

「僕にも触らせてください！　……うわっ！　本当に軽い！　そしてふわふわだ！」

「俺も触ってみたい……おぉ！　凄いな！」

　多分今の私、思いっ切りドヤ顔してると思う。

「フェリー様！　この案、使わせて頂けないでしょうか?!　これは売れます！　加工の必要もほぼないので工場と契約する必要もありませんし、これならばこの余った綿花を捌《さば》くことが出来ると思うんです！」

「別に構わないけど」

「ありがとうございます！　収益の何割かはお支払い致します！」

「い、いらないわよ！」

「いいえ！　このアイデアは素晴らしいものです！　そのアイデアを使わせて頂くのです！　タダと言う訳にはいきません！」

「もらっておけばいい」

「でも……」

「ワタ、と言ったか……これは簡単に真似されやすいから特許を申請するといいだろう。少なくとも十年は他家では真似出来んようになるからな」

「はい！」

　という訳でワタはヘドリック領の特産品兼特許品として売り出されることになり、領地の女性達がせっせと作ったクッションが瞬く間にヒットした。

　ワタを使用したい場合は、ヘドリック家から購入しなければいけないシステムになっているので、綿花の時よりも高い価格設定にしても欲しがる人が後を絶たず、嬉しい悲鳴を上げているそうだ。

ヘドリック領は比較的年中暖かいので綿花の栽培方法も改善し、植える時期をずらしながら年中収穫出来るように体制を整えるのだと、キリアンが目をキラキラさせて話してくれた。

「あいつはフェリーに馴れ馴れし過ぎる！」

ミューゼ様がヤキモチを焼いているのがなんとも可愛らしい。

◆◆◆

学園に到着し、二人で教室に入るとなぜか注目を浴びた。

異変に気付いたミューゼ様が「なんだ？」と渋い顔をしている。

その横顔にキュンとしていると教室前方からリリンが、「絶対にフェリー様よ！」と叫んだ声が聞こえた。嫌な予感しかしない。

私達が来たのを知ったリリンがボロボロの教科書を手にズンズンと近付いて来たので、ミューゼ様が私を背中に隠した。

「何用だ、転入生！」

ミューゼ様の凍り付きそうな声と視線に一瞬怯んだリリンだが、急にしおらしい声を出し、

「フェリー様が……これを……」と教科書を差し出してきた。

「お前はこれをフェリーがやったと言うのか？」

「……フェリー様以外に考えられません」

「ふっ……馬鹿馬鹿しい。フェリーがお前ごときを構う訳がない。ましてやこんな幼稚な真似をするはずがない」

「……フェリー様を信じたい気持ちは分かります……でも！」

「そもそもフェリーにお前の教科書を破る時間なんてない。四六時中俺と一緒にいるのに、どのタイミングでこんなことが出来るんだ？」

「それは、放課後とか……」

「それこそありえん！　フェリーは身重の体だ！　必須教科の授業が終わり次第帰宅する。放課後まで残っていることはない！」

「でも！　フェリー様しかこんなこと」

「お前、フェリーの何を知っている？　フェリーは女神のごとく優しい女性だ、お前と違ってな。その教科書だって殿下達に近付くお前を良く思わない誰かの仕業だろう？」

「そんな……酷い……」

「現にお前はトイレで『生意気だ！』と言われていたではないか！　それを助けたフェリーに楯突いていたのも知っている。しっかりと聞こえていたからな」

「あれは……そんなつもりじゃ……」

「どんなつもりでフェリーに罪を着せたいのかは知らんが、これ以上は容認出来ん！　俺を、ランベスト家を敵に回すことの恐ろしさを思い知りたいか?!」

「ご、ごめんなさい！　私の勘違いみたいです！」

「次はないと言ったはずだ！　この件でこれ以上騒ぎ立てるならその時は容赦しない」

「ごめんなさい……」

去り際、私の横を通り過ぎて行ったリリンが「チッ！　悪役令嬢の癖に」と小声で言ったのだが、私に聞こえるということは地獄耳と言っていいほどに非常に耳のいいミューゼ様にもしっかりと聞こえる訳で、「おい！　待て！」と教室全体を凍り付かせそうな冷たすぎる声が響いた。

「余程俺を怒らせたいようだな！」

「ち、違います！　私は何も」

「しっかりと聞こえている！　フェリーを悪役令嬢と呼んだだろう！」

「え?!　……だって、それは」

「フェリーのどこが悪役令嬢だと言うんだ?!　フェリー以上に心も体も顔も、その存在全てが完璧で美しい女を俺は知らない！　フェリーを悪役令嬢と呼ぶならばお前は極悪醜悪性悪令嬢だろう！」

ミューゼ様の言葉にリリンは呆然としている。聞いていた私ですら一瞬唖然としたのだ。言われた当人ならばショックは相当だろう。

まぁ私は別の言葉に唖然としたのだが。ミューゼ様の中で私の評価ってどうなってるの?!　って。

「……なんでよ……なんでヒロインの私がそんなこと言われなきゃなんないのよ……ミューゼ様は私のものなのに……私のものなはずなのに……」

ブツブツと呟くリリンの声もしっかりと拾ったミューゼ様が、眉間に深い皺を寄せて、心底嫌そうな顔をした。

「いつ俺がお前のものになった？　気色が悪い！　俺は婚約した時からフェリーだけのものだ！」

恥ずかしげもなくそう言い切ったミューゼ様の言葉に、なぜか教室から拍手が起きた。

そっとリリンに近付いたミューゼ様は、リリンと私にだけ聞こえる声で、「お前、精神科に行った方がいいぞ。相当狂っている」と冷たく言った。

泣き出しそうな顔をしてミューゼ様を見た後に私を睨んだリリンは、そのまま走ってどこかに行ってしまい、その日はそのまま戻って来なかった。と言っても私達は三時限目が終わったら帰宅したので、その後戻って来たかもしれないが。

「今日は散々だったな」

「……ミューゼが守ってくれたから」

「守るのは当然だ。俺の愛しい妻なのだから」

帰りの馬車の中、ミューゼ様にいつものように膝の上に座らせられ、首筋に顔を埋められながらそう言われた。首筋にかかる息がくすぐったくてなんだかムズムズする。

「フェリーの香りは甘いな」

え?! 嗅いでるの?! ちょっと待って! どんな匂いなの?! 思わず自分の腕の香りを嗅いでみた。

「クククッ……」

そんな私を見てミューゼ様が楽しそうに笑っている。

「嗅がないで下さい……恥ずかしい……臭かったらどうするんですか」

「フェリーはいつも良い香りがする。同じ石鹸を使っているのに俺とは違う甘い優しい香りがする。フェリーの香りが好きだ」

「……ミューゼは爽やかな香りがしますね」

お返しとばかりにミューゼ様の香りを嗅ぐと、石鹸の香りの奥になんとも言えない爽やかな香りがした。

「俺の香りは嫌いか?」

「いえ、好きです」

なんだろうか……そこはかとなく恥ずかしいこの空気感。

ゲームの中ですらここまで甘い雰囲気はなかったのに、私との間で醸し出されるこの甘過ぎる空気は一体なんなんだ?! 私だから? なんて自惚《うぬぼ》れてもいいだろうか? ゲーム内のヒロイン以上に愛されてるって思っても罰は当たらないかな?

ミューゼ様を見つめていたら、スっと目を逸らされた。

「その顔は……反則だ……自制が利かなくなる……可愛過ぎるだろう」

「え？」

今どんな顔をしてたの、私？

ミューゼ様の顔や耳が見る間に赤く染まっていく。

「安定期も目前だ……ミヤの許可さえ下りたら……優しく優しく……」

ブツブツと言っているが膝の上にいるので丸聞こえだ。それって、そういうことだよね？

途端に顔に熱が集まって来て、微妙な空気のまま家までの道のりを無言で過ごした。

◆◆◆

ついに入りました、安定期。

妊娠した日がハッキリと分かっているから月数も正確に分かるので、ミヤ様に「安定期に入ったからといっても無理はするなよ」と釘を刺されたものの、「これだけ正確に月数が分かるのもなかなか珍しいがな」と笑われた。

安定期に入ったと言えど私のお腹はまだまだ平らで膨らんできてはいない。

「臨月近くまでさほど大きくならない者もいれば、はち切れんばかりに大きくなる者もいる。こればかりはなってみないことには分からない」

と言われている。

お腹が大きくなってくると皮膚が引っ張られるので、妊娠線と呼ばれる肉割れのようなものが出来やすくなり、それを極力起こさないようにクリームを塗りながらマッサージをするといいと聞いていて、ミューゼ様がミヤ様にしつこいくらいにそのマッサージ方法を聞いていた。

「自分でしますよ？」

「いや、俺がやる！　それは俺の仕事だ！」

絶対に違うからね！

まだ膨らんできてもいないのに、今日からでもマッサージをしそうな勢いのミューゼ様に、

「まだ必要ありませんから」と断ると、目に見えてシュンとしてしまった。


安定期に入ったことは当然分かっているので、朝からソワソワしているミューゼ様。

馬車の中でも言っていたように、多分……ねぇ？　そういうことを考えてるんだろうなぁと想像出来てしまい、こちらもソワソワした感じになっている。

その上今日は朝からミューゼ様の距離感がバグっている。

いつもくっつかれているのだが、今日はいつも以上にどこに行くにもベッタリだ。恥ずかしいのだがさすがに鬱陶しい（ごめんなさい）。

「ミューゼ……さすがにくっつき過ぎよ」

「……離れたくない……駄目か？」

なんだ、この駄々っ子みたいなミューゼ様は?!　可愛い過ぎるだろぉぉぉぉ!!!　思わず鼻息

が荒くなりそうだった。

「今日と明日は学園に行く必要もない……だから……」

言わんとしていることが分かり、いたたまれないほどに恥ずかしい。ぜひ！　なんて言えないし、だからって嫌！　ってことはない、絶対。

「……ミューゼに、お任せします……」

とりあえずそう言ったものの、恥ずかしさで燃えてしまいそうだ。全身が異様なほどに熱い。

いつもよりも息が熱いミューゼ様の吐息が頬にかかり、ドキドキする。

「無理はさせない……優しくする……」

なぜ私の旦那様はこんなにカッコよく色気が凄いのだろうか?!　他の攻略対象者達なんてお子ちゃまに見えてしまうほどの濃厚な色気よ！

まぁ、他の攻略対象者達とはこんな接触したことがないのだけど（当たり前）。

でも想像だけでも殿下達にこんな色気があるとは思えない！

はぁ……私がこの人の妻なのか……。今更ながらにこれは凄いことなのでは?!　と思えてきた。

前世の自分からしたらとんでもないことだけど、それを除いて考えてみてもとんでもない奇跡な気がしてきた。

「幸せ過ぎて怖いかも……」

思わず口から出た言葉をきちんと拾ったミューゼ様が、この上なく柔らかく微笑んで「もっともっと幸せにする」と頬にキスを落とした。

やって参りました、夜！

今日に限って一緒にお風呂に入った私達。ミューゼ様の手で完璧に磨かれた私の体は白薔薇《ばら》のオイルでピカピカツルツル。

対してミューゼ様は私が「やりますよ？」と言ったのに「いや、自分でやる」と頑《かたく》なに自分の体を自分で磨き上げていた。

そして現在、ベッドに腰を下ろした私達は妙にギクシャクしている。逃げてもいいでしょうか？　恥ずかしいの！　本当に恥ずかしいの！

一度は夜を共にしたとはいえ、それ以降はなかった訳で、あの時はミューゼ様の言葉に酔いしれていたから現実味も薄くて夢の中の出来事みたいだったし、あの後も妊娠が分かるまでは時々「やっぱり夢だったんじゃ？」と思っていたのだ。

それがいざ！　となるとどうしていいのか、どうするのが正解なのか全く分からず、ただただ恥ずかしくて緊張してドキドキする。

「触れてもいいか？」

「……はい」

おずおずと伸びて来たミューゼ様の手が私の頬をスルリと撫でる。もうそれだけで肌が粟立ったようにゾクゾクする。

そこから唇が重なり、それが次第に深くなり……。

私は優しく労わるように、だけど時々情熱的に熱くミューゼ様の腕の中で乱された。

「綺麗だ……」

「フェリー……愛してる」

そんな言葉を耳元で囁かれながらの行為はあの夜以上に夢のようで、夢なら覚めないでと伸ばした手をミューゼ様がしっかりと繋ぎ止めてくれた。

「夢ではない……」

そう言いながら何度もキスを降らせるミューゼ様に抱き着いた私は、幸せな気だるさの中で眠りに落ちた。

目が覚めるとミューゼ様の裸体の胸板が目の前にあった。

「ウグッ！」

鼻から口から血を吹きそうになったのは言うまでもない。

なぜこの人は朝日を浴びるとこうも神々《こうごう》しく光り輝いて見えるのだろうか⁉　肌にまで薄らと朝日が当たりピカーッと輝いて見える。

それなのにそれすらもまた色気があって……出血多量で死んでしまいそうです！　心の中では血の海のベッド（当然私の血）。

はぁ……堪らん！　なんなんだ、この朝からけしからん色気は！　ただ裸で寝てるだけなのにこんなにも色っぽいとか卑怯過ぎる！　けしからん！　実にけしからん！　……はぁ♡　↑　変

態か！

「おはよう……朝から百面相か？」

いつの間にか起きていたミューゼ様に見られていたようだ。

「……おはようございます……朝から色気が凄すぎて……」

馬鹿正直に言ってしまった自分を消し去りたい！

「ふっ……こちらこそ朝からいい眺めだ……色っぽいとはフェリーにこそ相応しい言葉だ」

言われて気付いた！　私も裸だ！

慌てて布団で体を隠そうとしたのだが、ミューゼ様に手を絡め取られてしまった。

「恥ずかしがることはない……俺達は夫婦なんだから……」

夫婦だろうと恥ずかしいものは恥ずかしい。相手が好き過ぎる相手ならば尚更のこと。

「明るい日差しの中で見るフェリーはやはり美しいな……堪らない……」

唇を塞がれてそのまま気を失ってしまうのではないかと思うほどの幸せに包まれた。

リリン side

両親がいた頃の記憶は薄らとしか覚えていない。

私の両親は行商の仕事をしていた。二人が仕事に出掛ける時はお隣のおばあさんの家に預けられて両親の帰りを待っていた。

その日も同じように両親を待っていたのだが、二人は帰って来なかった。

それから数日をおばあさんの家で過ごしていたのだが、おばあさんが真っ青な顔をして、「リリン、しっかりお聞き。リリンのお父さんとお母さんが盗賊に殺されてしまったんだ。分かるかい？」と言った。

「お父さんとお母さんはもう帰って来ないの？」

「あぁ、もう帰って来ない……リリン、私は身寄りのない年寄りだ。どこまで守ってやれるか分からないが、一緒に暮らすかい？」

「……うん」

こうして血の繋がりもない、ただのお隣の優しいおばあさんが私の養母となった。

六歳の時にそのおばあさんも亡くなり、私は本当に一人になった。

だけどおばあさんは自分の死期を悟り、孤児院に話を通してくれていたようで、程なく孤児院から職員がやってきて、私はそこで暮らすことになった。

孤児院には私と同じような境遇の子や私よりも酷い境遇の子供が沢山いた。弄《ひねく》れた子や心を閉ざして誰とも口をきかない子もいた。

私はというと別に悲観したりしていなかったので普通に過ごしていた。

なぜだか分からないけど昔から私は、「将来幸せになれる」という確たる自信みたいなものがあって、それがどこからくるのかは分からなかったが、何があっても大丈夫だと思っていたのだ。

施設で暮らし始めて三年が経った頃、私はキリアンという男の子と出会った。

小さくて犬みたいな雰囲気のその男の子と仲良くなり、そのうち幼馴染なんて呼ばれるほどの時間を一緒に過ごした。

そんな私に転機が訪れたのは職業訓練校に通っていた十五歳の時だった。

たまたまお使いで町に出ていた私を子爵夫妻が見ていたようで、あっという間に養子縁組がなされ、私は子爵令嬢となったのだ。

養父母となったネガン夫妻はとても穏やかで優しく、色んなことを教えてくれた。

子爵令嬢となったので職業訓練校は辞めなければならなくなったのだが、次の学校が決まるまではと通わせてくれた。

子爵家で雇われた家庭教師に貴族としての立ち居振る舞いやマナーなどを学びながら、貴族として学校に通えるだけの勉強も教えてもらい、何度も音《ね》を上げそうになる私を優しく包み込むように慈しんでくれた。

ある程度の座学で合格点をもらえるようになった私に、子爵夫妻は学園に通うことを提案してきたのだが、その学園の話を聞いていた時に思い出したのだ、前世の記憶を。

この世界を知っている！　そうだ！　ここはトゥーラバの世界で私はヒロインだ！　そしてキリアンは攻略対象者の一人！

全てを思い出した私は、やっぱり自分の未来には幸せが待っていると確信した。

この世界は私が前世でハマっていた乙女ゲームの世界であり、私は選ぶ側のヒロイン！　勝ち組だ！

前世での推しはミューゼ様！　生まれ変わったこの世界でなら彼を私だけのものに出来る！

そう思ったら編入試験の勉強も苦ではなくなった。

学園に編入するにはかなり難しい試験を突破しなければならず、それまで学んだこととは比較にならないほど難しいものだったが、ミューゼ様が手に入ると思えばなんてことはなかった。

そうして無事に編入試験に合格して意気揚々と学園に向かったのだが、他の攻略対象者達はいるのに肝心のミューゼ様が見当たらないまま一週間が過ぎた。

この世界に逆ハーはなかったが、取りあえずキープしといてもいいだろうと殿下達には接近しておいた。

私はヒロインなのだから、私が微笑めば殿下達なんてイチコロだ。実際腕を組んで体を擦り寄せても「やめろ」なんて言われなかった。

そんなふうに過していたらやっとミューゼ様が現れたのだが、なぜかミューゼ様サイドで悪役令嬢である婚約者のフェリーに寄り添っていた。

「なんで?!　なんで悪役令嬢が?!　しかも妻?!　……そうか！　あいつも転生者だ！　転生チートでミューゼ様を攻略したんだ！　絶対そうだ！　じゃなきゃミューゼ様が悪役令嬢と一緒にいるはずがない！　絶対別れさせてやる！」

悔しくて腹立たしくて文句を言ってやろうと思ったのに、ミューゼ様のガードが固くて悪役令嬢に近付けなかった。だけどやっとそのチャンスを掴んだ。こっちが問い詰めても本当に分からないのかとぼけまくる悪役令嬢フェリー。

ムカつく！　本当になんなの、この女！　ヒロインの立ち位置奪うとかありえない！　フェリーなんて船じゃあるまいし、ダサすぎなんだよ！

本当に邪魔でムカついて、思わず手を上げた私を止めたのは、攻略対象者の一人であるマリオン・グルーガーだった。

「は、放して！　誤解なんだって！」

「言い争う声が聞こえたから来てみたが、まさか君が身重のフェリー殿に暴力を振るおうとするとは！」

その言葉に耳を疑った。

「み、身重?!　身重って?!　え？　妊娠?!」

悪役令嬢が妊娠?!　嘘でしょ?!

パニックになりそうな私の耳にマリオンの、「このことはミューゼにも報告させてもらう！」と言う声が届いた。

ミューゼ様に報告?!　駄目！　やめて！　でもなんで妊娠?!　なんなの?!　何が起こってる?!

「ちょ！　ちょっと待ってよ！　え？　妊娠してんの?!　え？　ミューゼ様に報告?!　ヤダ！なんで?!　なんでぇぇ！」

本当にパニックになっている私にフェリーは申し訳なさそうに、「申し訳ありません、リリン様……そういうことですので……だから先程のお話はやはりお断りさせていただきます」と言った。

「妊娠……嘘でしょ……ミューゼ様の初めては卒業後三年経って式の後だったはずなのに……」

そう、ミューゼ様とのエピソードがファンディスクに収録されていたのだ。

悪役令嬢を断罪して学園を卒業した私達は順調に愛を育み三年後に式を挙げる。そしてその初夜で私は自分の初めてを捧げ、ミューゼ様も私に初めてを捧げてくれるのだ。

なのになんで悪役令嬢が妊娠してるの?!　妊娠したってことはミューゼ様とやったってことだよね?!　悪役令嬢がミューゼ様の初めての相手?!　ないないない！　ありえない！　ありえなさ過ぎる！　悪役令嬢が妊娠してるなら私と結ばれるルートが消えるじゃん！

……あぁ、これは夢だ。そうだ、夢だわ、夢！　私はミューゼ様と結ばれる為にこの世界に転生してきたんだもん！　悪役令嬢とミューゼ様が結ばれるなんて悪夢が現実なはずがない。

そう思うことで私はなんとか自分を保っていた。

気持ちを落ち着かせて教室に戻ると氷のように冷たい声が聞こえた。

「転入生！」

あまりの声の冷たさに体がビクッと強ばった。

「ミューゼ……いいから」

ミューゼ様の隣でしおらしそうな声を出しているフェリー。あんたのせいでこんなことになってるって言うのに！

「良くない！　今後もフェリーを傷付けようとするかもしれないそいつを庇うのか?!」

そこにいるのは私のはずでしょ?!

「多分大丈夫だから」

だからなんであんたが善人面してんのよ！

出かかった声はミューゼ様の人をも殺しそうな視線に飲まれた。怖い……あんなに怖い人だった？

「またフェリーに何かしたらお前を全力で潰す！」

ミューゼ様に投げられた言葉に足が竦んだ。どうして？　なんで？　そう思うのに声が出せない。足元から全身が冷たくなっていく。怖い……そう思ってしまった。

◆
◆
◆

少しだけ私の話をしよう。

私の前世の記憶は高校一年の夏で終わっている。

トゥーラバにどハマりし、あまりのハマりっぷりに周りから一気に友達がいなくなったけど、ミューゼ様がいればそれだけで良かった。

完全にトゥーラバヲタになっていた私に声を掛けてくるやつら（トゥーラバやり込み勢達）もいたけど、私は同担拒否派でガチ恋勢だったから、そいつらが、「ミューゼってヤバいよね」って言った時は取っ組み合いの喧嘩になった。

好感度は上がり辛いし、笑顔なんて後半からしか見られないけど、ミューゼ様は美の集合体であり私の、私だけの最推し。

二次元キャラとはいえ誰かと共有なんて絶対嫌だったし、悪く言うやつなんて虫ケラ以下な存在でしかなかった。

同担歓迎派も大嫌いだった。

何が「みんなのミューゼ様」だ！　みんなの、って生温いことを言ってる時点で愛なんてないじゃん！　好きなら、愛してるなら他人と共有なんて死んでもヤじゃん！　私のミューゼ様にベタベタと汚い手垢付けんじゃねぇよ！

そう思ってたから本当に嫌いだったし、受け入れたくもなかった。

まぁ、一応はミューゼ様以外のルートも全部やったけど、他の攻略対象者達にそこまでの魅力は感じなかったし、ミューゼ様にくっついてるオマケ程度だった。

学校の帰り道、スマホに保存してたミューゼ様の画像を眺めながら歩いていたら全身に衝撃が走り、目の前がグルグル揺れた。スマホに夢中になる余り私は赤信号の横断歩道を歩いてしまっていたらしい。

「あ、これ死ぬやつだ」

不思議と痛みはなく、ただ流れていく気持ち悪くなるような景色を見ていた。

「死ぬんだ、私……」

そう思った時、まだミューゼ様のスチルを全開放してないことを後悔した。道草のように他のルートをやっていたことを激しく後悔した。

だから前世の記憶が蘇った時は死ぬほど嬉しかったのに、なんで上手くいかない?!　悪役令嬢が妻になってて妊娠までしてるって何?!　ムカつく！　ムカつく!!　ここは私の為の世界のはずなのに！

……でも子爵夫妻に迷惑は掛けられない。私を養女にしてくれた優しい人達。多分今フェリーに何かしたら間違いなくミューゼ様に潰されてしまう。今は不本意でも大人しくしてなきゃ……。

この世界はトゥーラバの世界。待っていれば悪役令嬢が私を虐め始めてその正体が暴かれる。

そうなればミューゼ様はフェリーのことを見限って私の元へ戻って来る。

きっとそうだ。だから大丈夫。今だけの我慢だ。

ミューゼ様の隣に立つ自分を想像し、泣き喚いてみっともなくミューゼ様に縋り付く惨めなフェリーの姿を思い描くと胸がスっとした。

◆　◆　◆

学園に行ったら教壇の前に私の教科書がボロボロにされて放り出されていた。

持ち帰ることが原則として決められているのに、面倒臭がって持ち帰らなかった私も悪いが、こんなことをする相手も悪い。

このクラスでこんなことをするのは悪役令嬢のあいつしかいない。

「フェリー様がやったんだわ……」

集まって来たクラスメイト達にそう言ったが、皆ありえない！　って顔をしてた。

何騙されてんだよ、モブのくせして！

ミューゼ様達が入って来たのがチラッと見えた。

「絶対にフェリー様よ！」

あいつの思い通りになんかさせてやらない！

ボロボロの教科書を手に二人の元へ向かうと、ミューゼ様がフェリーを守るように立ち塞がった。

「何用だ、転入生！」

ミューゼ様の凍り付きそうな声と視線に一瞬怯んでしまったが、これは断罪エンドの第一歩であるイベントだ。

ここから私の逆転劇が始まるんだ！

「フェリー様が……これを……」

ボロボロになった教科書を見せると、ミューゼ様は眉間に皺を寄せて「お前はこれをフェリーがやったと言うのか？」と凍りつきそうな視線を投げかけてきた。

怯みそうになったけどやったのはフェリーに間違いない！

「……フェリー様以外に考えられません」

確信を持ってそう言ったはずだったのに、ミューゼ様は馬鹿にしたように鼻で笑った。

「ふっ……馬鹿馬鹿しい。フェリーがお前ごときを構う訳がない。ましてやこんな幼稚な真似をするはずがない」

そいつは悪役令嬢なんだから、そいつ以外ありえないんだってば！　なんでそんなに騙されてんのよ、ミューゼ様！

「……フェリー様を信じたい気持ちは分かります……でも！」

なるべくしおらしく見えるようにしてるのに、ミューゼ様の視線は汚いものでも見るみたいに嫌悪感しか浮かんでいない。

「そもそもフェリーにそんなことをする時間なんてない。四六時中俺と一緒にいるのに、どのタイミングでこんなことが出来るんだ？」

「それは、放課後とか……」

「それこそありえん！　フェリーは身重の体だ！　必須教科の授業が終わり次第帰宅する。放課後まで残っていることはない！」

「でも！　フェリー様しかこんなこと」

　何を言っても論破してくるミューゼ様にとにかく真実を見てもらいたかったのに上手くいかない。

「お前、フェリーの何を知っている？　フェリーは女神のごとく優しい女性だ、お前と違ってな。その教科書だって殿下達に近付くお前を良く思わない誰かの仕業だろう？」

「そんな……酷い……」

「現にお前はトイレで『生意気だ！』と言われていたではないか！　それを助けたフェリーに楯突いていたのも知っている。しっかりと聞こえていたからな」

　確かにあの時トイレの前でミューゼ様を見掛けたけど、あれが聞こえてたの?!

　どんな耳してんの?!　そんな設定あった?!

「あれは……そんなつもりじゃ……」

「どんなつもりでフェリーに罪を着せたいのかは知らんが、これ以上は容認出来ん！　俺を、ランベスト家を敵に回すことの恐ろしさを思い知りたいか?!」

　あ、これはマズイ！　と思って「ご、ごめんなさい！　私の勘違いみたいです！」って言ったのに、ミューゼ様は「次はないと言ったはずだ！　この件でこれ以上騒ぎ立てるならその時は容赦しない」と氷の悪魔みたいな顔で睨んでいる。

「ごめんなさい……」

なんで私がこんな目に⁉　悪いのは絶対的にフェリーじゃん！　教科書ボロボロにするとか悪役令嬢の常套《じょうとう》手段じゃん！

だからわざわざ遠回り覚悟でフェリーの横を通り過ぎて、「チッ！　悪役令嬢の癖に」と小声で言ってやったのに、ミューゼ様はその声までしっかり聞き取って、「おい！　待て！」と背筋が凍りつきそうな冷たい声で私を呼び止めた。

本当にどうなってんの⁉

「余程俺を怒らせたいようだな！」

怒らせたい訳ないじゃん！　嫌われたくないもん！

だってミューゼ様は私の最推しだよ⁉

そもそもフェリーの立ち位置って私の場所じゃん！

「ち、違います！　私は何も」

「しっかりと聞こえている！　フェリーを悪役令嬢と呼んだだろう！」

「だって、それは」

本当に悪役令嬢だもん、そいつ‼

「フェリーのどこが悪役令嬢だと言うんだ⁉　フェリー以上に心も体も顔も、その存在全てが完璧で美しい女を俺は知らない！　フェリーを悪役令嬢と呼ぶならばお前は極悪醜悪性悪令嬢だろう！」

ミューゼ様の言葉に呆然とした。

え？　ミューゼ様って目が悪い?!　そいつのどこを見てそんなこと言うの?!　どう見ても悪役令嬢じゃん！　無駄に彫り深い顔に目付きの悪さなんて、「私、悪人です！」って言ってるようなもんじゃん！

で、私のどこが極悪醜悪性悪令嬢な訳?!　ヒロインだって！　私、この世界の、誰からも愛されるヒロインだってば！

地獄耳なのに視力は弱い系なの?!　なんでそこまで言われなきゃなんないのよ！

そう頭の中では叫んでるのに、言葉が出てこない。やっと出てきた言葉は無駄に途切れ途切れで……。

「……なんでよ……なんでヒロインの私がそんなこと言われなきゃなんないのよ……ミューゼ様は私のものなのに……私のものなはずなのに……」

なんとも情けないものだった。

「いつ俺がお前のものになった？　俺は婚約した時からフェリーだけのものだ！」

ミューゼ様は嫌そうに言い切るとフェリーに視線を向けて穏やかで優しい笑みを浮かべた。

そしたら教室から拍手まで沸き起こった。信じられない！　なんなのよ‼

スっと近付いて来たミューゼ様が目に入り期待が顔を覗かせた。

体を少し屈めて私の耳の近くで「お前、精神科に行った方がいいぞ。相当狂っている」と冷たく言われた時は絶望しかなかった。

◆　◆　◆

放課後、騒ぎを知った先生に呼び出された。

「嫌がらせを受けているようですが、大丈夫ですか？」

担任のチェルリー先生が分厚い眼鏡をクイクイと動かしながら聞いてきた。

大丈夫な訳ねぇじゃん！

「学園側としては嫌がらせの類は容認は出来ませんが、そうなるに至る原因を作っているのはあなただと認識しています」

「はぁ?!　私、被害者ですよ?!」

「確かに被害者です。ですがある意味では加害者でもあります」

「私のどこが?!」

「……ハッキリと言わなければ理解しないようですね。あなたのヘルドリアス殿下達への距離感は、貴族として、淑女として相応しいものではありません。元平民であり、貴族社会にはまだ不慣れであるから大目に見てやって欲しいと仰るヘルドリアス殿下からの要望もあり、学園側としては見守って参りましたが、多くの生徒達からは苦情が上がっておりました。殿下達には正式に決められた婚約者がおられるのに、そんなことはお構いなしといった具合に体を寄せ、馴れ馴れしく接すれば面白くないと感じる者達は当然出てきます。あなたは周囲に反感を買う行動を自ら行っているのです。……だからと言ってあなたが何をされてもいいとは思ってはいませんが、あなた自身も自分の行動に責任を持ち、自重しなさい」

「なんで？　おかしくない?!　だって私、被害者だよ？　なんで私が怒られるの？」

「言葉遣いがなっていませんね。……それだけ目に余る行動を取っているのです。学園としては今後このような嫌がらせが起こらないよう目を光らせますが、あなた自身も貴族として、また淑女として相応しい行動を取りなさい」

「……信じられない」

「はぁ……これは一度あなたの保護者である子爵夫妻ともきちんとお話ししなければならないようですね」

「え?!　子爵家は関係ないでしょ！」

「関係あります！　あなたの行いは全てその家の行いと見なされるのです。あなたが何か過ちを犯せばその罪は親である子爵夫妻も等しく償わなければならないのです。あなたの評価はそのまま子爵家の評価へと繋がり、良い評価も悪い評価も等しく子爵家の評価となるのです」

「そんな……」

「あなたが今こうしてこの学園に通えているのも、また貴族令嬢として生活出来ているのも、養父母である子爵夫妻のおかげです。その恩を仇で返すような真似は決して行わないよう、自分の言動には注意なさい」

　チェルリー先生の言葉に私はただ呆然とするしかなかった。

第三章

二時限目から学園に行くと、王太子殿下がにこやかに近付いてきた。

ヘルドリアス・ラヴィ・グライム。トゥーラバの人気№１攻略キャラである。

金髪に紫色の瞳のＴｈｅ王子といった、甘くも凛々しい容姿のヘルドリアスは、公務などでは王太子然とした顔を見せるものの、ヒロインの前では実に様々な表情を見せる。

優しく包み込むような包容力と力強さを見せながらも、時には甘えるそのギャップが堪らないのだと言う人達が沢山いた。

私は「それでもミューゼ様が一番さ！」と思っていたのだけど。

実際、この世界のミューゼ様は頼れるし、甘えてくるし、色気が凄いし、時々斜め上の方向に進むけどそんなところもまた可愛いし……あー、鼻血が出そう。

「おはよう、ミューゼ！　そろそろ君の細君を僕に紹介してはくれないかい？」

「……チッ」

え？　舌打ちしました？　しましたよね？

ヘルドリアスとは何度か会ったこと（正確には見掛けた程度）はあったが直接会話をしたこと

はなく、ミューゼ様とは親しいようだが彼には「あんなやつと話す必要はない」と近付かないように言われていたし、相手が王太子殿下だから私も不用意に近付くことはなかった。

「ねぇ？　今舌打ちしたよね？　酷いなぁ！　いつもミューゼは僕に対して不遜《ふそん》な態度だよね。まぁ、だからこそ信用出来るんだけど」

ヘルドリアスにも舌打ちが聞こえていたようで、にこやかな笑顔を崩さないままミューゼ様に話し掛けている。

「おはようございます、ミューゼ、フェリー殿」

そこにヘルドリアスの側近であり後の宰相のヒューゴ・オラリスまで登場した。ヒューゴとは何度か会話したことがあったが、親しいかと聞かれたらキッパリとＮｏと言える関係である。最後に交わした会話は「ミューゼはどこに？」「さぁ」だったはずだ。

「またミューゼに絡んでるんですか？　あなたって人は全く」

ヒューゴがヘルドリアスを横目で見ながらわざとらしく溜息をついた。

「人聞きが悪いぞ！　僕はいい加減ミューゼに細君を紹介しろと言っていただけだ」

「……紹介なんて必要ないだろう！」

「おはようございます、殿下」

「おはようございます！」

そこにマリオンとキリアンまで参加してきた。

なんだ、この攻略対象者達揃い踏みの異様な光景は！　ヒロインを取り囲むならまだ分かる！

なぜ私のそばに集まる？　……帰ってもよろしいでしょうか？

「ミューゼに細君を紹介してもらおうと思ってたんだが、ミューゼが嫌がるんだよー」

拗ねたようにヘルドリアスが言うと、マリオンが「あなたに紹介したくない気持ちは分かります」と何とも不敬なことを言った。そんなこと言ってもいいの?!

「……こうなるとこの人しつこいですよ。紹介したらどうです？」

「……妻のフェリーだ！　……紹介したからもういいだろう！」

「え？　待って！　嘘だろ？　そんな紹介はないだろう！　ちゃんと紹介してくれよ！」

ミューゼ様は私を背に隠しながら名前だけを紹介して終わろうとしたのだが、ヘルドリアスが食いついてきた。

ゲーム内でのヘルドリアスのことは知らないけど、こんな性格だったんだ……想像と違う。もっとキリッとしてるのかと思っていたが、今目の前にいるヘルドリアスはちょっと情けない、というか軽薄？　ノリが軽い？　そんな感じがする。

「名前は紹介してもらったんです、もういいでしょう」

「あれは紹介とは言わないだろう！」

「……あなたに対してですからね。あぁなるでしょう」

ヒューゴにこんな風に言われる王太子殿下ってどんな人？　扱い雑なんですが、いいの？

ミューゼ様の背に隠されながらオロオロしていると、それに気付いたマリオンがそっと、「あの人は女癖が悪いところがあるのです」と告げてきた。

「え？　そうなの？」

「はい……婚約者様にもそれで嫌われているのですから、ミューゼも紹介なんてしたくはないでしょうね」

　意外過ぎる新事実である。

　ゲーム内のヘルドリアスもそういうキャラだったんだろうか？　ヒロインとの愛に芽生えて心を入れ替えるとか？

　え？　でもゲーム板では「嫉妬に狂った婚約者、みっともない」と言われてたから、ゲームでは少なくとも婚約者さんに愛されてたはずだよね？　嫌われてるの？　何が何やらさっぱり分からない。

「いつも張り付いてるあの女はどうした？　擦り寄られて満更でもない顔してたじゃないか」

　ミューゼ様が唐突にそんなことを言い出した。あの女とはリリンのことだろう。

「ん？　彼女？　しばらく学園を休むそうだよ。それにさ、そんな誤解を生じるような言い方はやめてくれる？　女の子には優しくが信条なだけで、別にやましい関係じゃないからね。それに彼女、本当は僕のことなんてどうでもいいんじゃないかな？　全く熱を感じないし。僕を相手によくそんな真似出来るなぁって思うけど、チャレンジ精神逞しくて面白いよね。でもさすがに最近は度が過ぎてて困ってるけどね」

「……鼻の下を伸ばしていた人がよく言いますね」

「ヒューゴだってベタベタされてたじゃないか！」

「僕は彼女に注意をしていましたよ、何度も。女だからって注意もしないどころか、角が立たないよう庇い立てるあなたとは違って。人の話を聞くタイプの人間ではないと判断したので、以降はいない者として扱っていました」

「え？　空気扱い？　酷いなぁ。女の子だよ？　優しくしなきゃ」

「あなたとは違いますからね。僕はたとえ馬鹿でも人の話を聞き努力しようとする者なら許せますが、人の話を聞かない者は容認出来ない質《たち》なので。あなたのように女なら見境のない人間ではありませんしね」

　英雄色を好むと言うが、ヘルドリアスもそのタイプなんだろうか？

　ヘルドリアスが王太子になってから、彼の功績として上げられているものが結構あり、全て高い評価を得ている。

　王太子としては文句無しに優秀なタイプなのだろうが、まさかの女にだらしない男だったとは！　うわー、引くわー。私、この人の婚約者に転生しなくて良かったわぁ！

「さぁ、改めて紹介してよ！　ね？　ミューゼ」

「必要ない！　さっきので十分だ！」

「えー、ちゃんと紹介してくれなきゃ家に押し掛けちゃうよ？　王家からの正式な訪問、しちゃうよ？　それでもいいの？」

「クッ……」

「あなたって人はどこまで大人気ないんですか?!」

私の中のヘルドリアスのイメージが崩壊しまくりである。

「ミューゼ？」

ミューゼ様の服をちょいちょいと引っ張り、大丈夫だと目で合図を送ったのだが、ミューゼ様は「ヤダ！」って顔をしている。その顔がなんとも言えない可愛さでクラっとした。

その後、私はきちんと紹介されたのだが、「よろしくね！　仲良くしようね」と伸ばしてきたヘルドリアスの手を、ミューゼ様が思いっ切り叩き落とした。

「触れるな！」

「痛っ！　いいじゃないかー、握手くらい！　減るもんじゃなし！」

「減る！　穢《けが》れる！」

いや、握手くらいで私は減りませんよ。

「穢れるって酷すぎない？　僕バイ菌扱い?!」

「同等だ！」

そう言い切ったミューゼ様。紹介されている間も、私はしっかりと腰を抱かれて、ベッタリくっつかれていたのは言うまでもない。

◆　◆　◆

一週間程学園を休んだリリンは、やっと登校してきたと思ったら大人しくなっていた。

あれだけ日替わりでヘルドリアスとヒューゴにベタベタしていたのに、それがピタリと止んで、一人で教室にいるのが目に入る。

急な変化に心配になるレベルだ。

「リリン様はどうしたのでしょう？」

授業中にぼんやりとリリンを見ながら呟いた声を拾ったミューゼ様が、「気になるのか？」と聞いてきた。別に私が気にすることではないんだろうが、気になるのは仕方がない。

「気になります」

「フェリーは優しいな」

授業そっちのけで小声で話している私達（授業聞け！）。

ミューゼ様の話によると、リリンの養父母である子爵夫妻が学園に呼び出され、教科書の件は学園側として謝罪されたそうだが、その上でリリンの日頃の行いが厳しく注意されたらしい。

それを受けて子爵夫妻はリリンを家庭内で再教育した上で学園に復帰させたのだそうだ。

再教育のお陰なのか、リリンが反省したのか、今までの行いが嘘みたいに大人しくしている。

でもいつもぼっちだ。登校を再開して三日ほど経っても誰もリリンに話し掛けない。私もミューゼ様がいなければぼっち確定だけど、ぼっちって結構辛いと思う。リリン、大丈夫なのかな？


お昼休み。

私達はいつもの裏庭の四阿で二人きりのランチをしていたのだが、そこに現れた見知らぬ女子にお話があると呼び出された。

当然ミューゼ様も着いてきたが、向かった先にいたのはリリンと何やら煌《きら》びやかな女の子と、その取り巻きかな？　って人達。

煌びやかな女の子に見覚えがあるような？

黒髪を見事に縦ロールに巻いた赤目の女の子は、凛《りん》としつつも目付きが鋭く、あ、この子悪役令嬢だ！　と分かる顔付きをしている。

誰ルートの悪役令嬢だっけ？　確かミューゼ様ルートで断罪される時に後ろの方にいた気がするけど……。

ゲーム内では最初に選んだ攻略対象者以外、他のキャラは出てこないし、絡むこともないから、一緒に断罪される他の婚約者達のことなんてほぼ知らない。

ヘルドリアスの婚約者がヘルドリアスに夢中で嫉妬心過多だとか、ヒューゴの婚約者は陰湿だとか、マリオンの婚約者はすぐにブチ切れて手を上げるタイプだとかゲーム板で見たけど、そのくらいの情報しか持ってない。

ちなみにフェリーはミューゼ様にゾッコンで、最初はリリンに対して注意などの苦言を呈するのだが、それでも加速していく二人の恋心に焦り、最終的には人を雇ってヒロインを酷い目に遭わせようとする。

それは各ルートの悪役令嬢達が行うことが決定付けられているイベントで、その窮地を攻略対象者達が助け出すまでがお決まりとなっていた。

私はしないよ、そんなこと。する気もない。ダメ、犯罪！

「お呼び立てして申し訳ありません」

黒髪縦ロールがバサッと揺れ、悪役令嬢だろう女の子が深々と頭を下げた。多分悪い子ではなさそうだ。

「わたくし、シャーリン・レズモンドと申します。お話をさせて頂くのは初めてと存じます。一応、ヘルドリアス殿下の婚約者、ということになっております」

うぉぉ！　ヘルドリアスの婚約者さんだったのか！

「この度お呼び立て致しましたのは、謝罪したいことがございましたので……」

「謝罪、ですか？」

「はい……お二人にはわたくしのお友達が大変迷惑をお掛けしたようで……それもこれもわたくしを思って仕出かしたことのようですので、わたくしが謝罪するのが筋かと思いまして……」

あー、もしかして教科書の件？

「まずはリリン・ネガン様。貴方様の教科書を台無しにしてしまい申し訳ございません。全てはわたくしの不徳の致すところでございます」

リリンに深々と頭を下げる公爵令嬢シャーリン。貴族って高位になればなるほど人に頭を下げるなんてしなくなるのに、この人はちゃんと頭を下げられる人。好感度高い！

しかも自分が指示した訳でもないのに、自分の取り巻きのしたことだからと代表して頭を下げられる器のデカさよ！　友達になりたい！

「……悪役令嬢シャーリンが謝罪？　なんで？」

「またここでも悪役令嬢か」

ミューゼ様が心から嫌そうな声でそう言ったが、それは私にしか聞こえていなかった。

「お許しいただこうとは思っておりませんが、まずは謝罪をと思いましてこの場を設けさせていただきました。今後このようなことがなきよう、わたくしもしっかりと目を光らせますので……申し訳ございませんでした」

子爵令嬢に頭を下げる公爵令嬢の図はなんとも奇妙な光景だ。

謝罪している側のシャーリンは本当に申し訳なさそうにしているのに、後ろにいる取り巻き達は顔色を青くさせていたり、「なぜ?!」って顔をしていたり様々。

「あなたも謝罪なさい！」

教科書をボロボロにした実行犯なのだろうご令嬢が、シャーリンに促されて頭を下げたが、その顔にはありありと不満の色が浮かんでいた。

「なぜシャーリン様が謝罪するのですか?!　悪いのは殿下に近付くその」

「黙りなさい！」

場の空気が一気に静まるその声は、どこまでも気高く聞こえた。

「人として、民の見本となるべき貴族として恥ずべきことをしたのです！　謝罪するのが筋！それ以上は許しません！」

シャーリンの声に取り巻き達は一気に項垂《うなだ》れてしまった。

「何よ、悪役令嬢のくせに……え？　待って！　ってことは私王太子ルートには入ってる?!」

　何やらブツブツと言い始めたリリン。この子は反省したのではなかったのかい？

「フェリー・ランベスト様。貴方様にも冤罪を着せてしまう形となり大変申し訳ございませんでした」

　私に向かい頭を下げるシャーリン。やっぱ好きかも、この人！

「頭を上げてください、シャーリン様。私はミューゼに守ってもらい被害を被ってはおりません。謝罪も必要ないかと思います」

「いいえ！　一時的にでも犯人として扱われたと聞き及んでおります！　そのような目に遭わせてしまったことは全てわたくしの責任です！　本当に申し訳ございませんでした」

「……許します」

「ありがとうございます」

　顔を上げたシャーリンは薄らと涙目。キツい顔をしているけど涙目はキュンキュンするほどに可愛い！　うぅぅぅ！　お友達になりたい！　なって欲しい！

　チラッとミューゼ様を見ると「いいんじゃないか？　友達になりたいのだろう？」と言ってくれた。

　この人はエスパーなんだろうか？　いつも私の考えを的確に汲んでくれる。

「あ、あの……このような場でこんなことを申し上げるのは大変失礼かもしれませんが……よろしければお友達になっていただけませんか？」

「はぁ?!　悪役令嬢が手を組むの?!」

横の方からリリンの声がしたが無視である。

「お、友達、ですか？　わたくしと？」

「駄目、でしょうか？」

「いえ、いえいえ！　そのようなことを言われたのは初めてでして……その、わたくしでよろしければ、ぜひに」

「ありがとうございます！」

こうして私とシャーリンは友達の第一歩を進めることになった。

横の方でリリンが「ありえない！　……あ、でもこれって悪役令嬢が手を組んで私を陥《おとしい》れるルートに入るパターン？」と言っていたのを完全に無視した。

そもそも共闘して陥れるルートなんて存在しない！


シャーリンの謝罪で王太子ルートに入ったと思ったのだろうか？　リリンがまたもや元気にヘルドリアスに突進していく光景を目にするようになった。

でも前よりは控え目で、腕を絡める頻度は減り、ただひたすらにヘルドリアスの隣の席を死守している。

上目遣いでヘルドリアスに話し掛けて、ヘルドリアスも普通ににこやかに対応している。それをヒューゴが嫌そうな顔で見てる。

観察していて分かったが、ヘルドリアスは本当に女子には優しい。リリンを真似して、わざとぶつかったりしてヘルドリアスと接触しようとする女子達も出てきたのだが、そんな女子達にもヘルドリアスは気持ち悪いくらいに優しく接している。

「わざとだと分かっていてもあの対応……反吐が出るな」

そんなヘルドリアスを見てミューゼ様は呆れた顔をしている。わざとだと分かってても優しく出来るって筋金入りじゃない？　シャーリンが可哀想だ。

シャーリンとはお友達になったものの、友達って何するんだっけ？　レベルの私は今一つ距離を縮めることも出来ず、会えば挨拶程度の仲のまま平行線を辿っている。

スザンナやオリーヴとは子供の頃からの付き合いだし、スザンナがグイグイ来るので私とオリーヴはスザンナに引っ張られてる感じで、それでも上手くいっている。

話題も大体がスザンナから提供があり、そこから膨らんで脱線したりしなかったりしてダラダラと話しているだけ。

互いに共通の趣味があるのかと聞かれても、スザンナはショッピングと小旅行が趣味で、オリーヴは恋愛小説マニア。私は……ミューゼ様マニアかな？　特別な趣味なんてない。それでも仲良くやっている私達って実は凄い？

シャーリンとの距離を縮めたいなぁと思ってはいるのだが、シャーリンには取り巻きが多くて、それを掻い潜ってまで近付く度胸は持ち合わせていない。

「はぁ……」

「どうした？　シャーリン嬢のことか？」

どうしてあなたは的確に私の思考を読み取るのですか?!　やっぱりエスパー？　エスパーなの？　私限定の?!

「おかしなことを考えていないか？」

「……ミューゼはどうして私の考えてることが分かるんです？」

「うーん……長年フェリーを見てきたから、か？　なんとなくだが分かる」

私だって長年見て来ましたがさっぱり分かりませんよ?!　時々、どうしてその方向に?!　と戸惑うほどですよ?!　でも好きなんですけどね、そういうミューゼ様も。

「それにフェリーは素直過ぎて顔に出ているからな……ほら、今だって」

頬を撫でられて「俺のことが好きだって顔をしている」と耳元で囁かれた。

このまま死んでもいいですか?!　……はっ！　駄目だ！　死んじゃ駄目だ！

「お茶に誘ってみてはどうだ？　フェリーがシャーリン嬢を我が家に招待すれば余計なやつらはついてこないだろう」

ほう、その手があったか！　なぜ気付かなかった?!

帰宅してすぐにシャーリンに個人的な茶会へのお伺いを立ててみたら、翌日本人が直接教室に来て「是非参りますわ！」とピカピカの笑顔を向けてくれた。

女性キャラって推したことがなかったけど、シャーリンなら推せる！

◆◆◆

やって参りました、茶会の日！

朝からウキウキと指示を出して、セナ様ご自慢のティールームを飾り付けてもらい、ミューゼ様と直接選びに行った茶菓子を最終チェックし、クリス様がくださった外国の珍しくて美味しいお茶にプラスして私の好きなお茶も用意し、かなり早くから前のめりでシャーリンが来るのを待っていた私。

「そんなに楽しみか？　……妬けるな」

「え？　ミューゼ様との茶会の時もこんな感じでしたよ？」

「フェリー……今すぐ抱いていいか？」

「駄目に決まってます！」

またもやおかしな方向に走りそうになったミューゼ様をほっといて、今か今かと待っていると、一台の馬車が我が家にやってきた。

国が誕生した時から脈々と続いている最古の公爵家の馬車は我が家の物よりも大きくて立派で、馬は四頭立てだった。

「馬が四頭……凄いですね」

「格の違いを見せつけてきたか……クソっ」

実は我が家とシャーリン様の家はあまり仲が良くない。

シャーリンのお父さんがクリス様を毛嫌いしていて、何かにつけてお家自慢をしてくるそうで、「いい大人が子供同士のじゃれ合いをしている」とミューゼ様はそんなお二人を馬鹿にしたような目で見ている。

特に政敵などの関係ではない、あくまでプライベートでいけ好かない関係のようだ。

だから私がシャーリンと友達になったと言った時は驚かれた、特にセナ様に。

でも同時に「これであのくだらないお遊びのような大人気ないやり取りともさよなら出来るかもしれないわね！　でかしたわ、フェリーちゃん！」と褒められた。

さて、シャーリンとの初めてのお茶会である！


「本日はお招きいただきありがとうございます」

会うなり完璧で見事なカーテシーを披露したシャーリンに一瞬見蕩れた。頭のてっぺんから足の爪先まで一分の隙もない完璧過ぎるカーテシーは圧巻である。流石王太子の婚約者！

「お越しいただきありがとうございます、シャーリン様」

「本日は妻をよろしくお願いします」

ミューゼ様が珍しくにこやかに対応している。

そんなミューゼ様をポカンとした顔で見ていたシャーリン。

最近はこういうのが多いので慣れてきたけど、どれだけミューゼ様は外で無表情を貫いてるんだろう？　と、外面モードの彼を見たい気持ちがムクムクと湧いている。

ティールームに案内し、お茶を用意してもらって、ようやく二人きりになったのだが、いざシャーリンと二人きりになると緊張してきた。

「……緊張しますね」

「……そうですわね……ふふふ」

フワッと花が咲くように笑ったシャーリン。

「……可愛い」

「かっ?!」

私の言葉が聞こえてしまったようで顔を真っ赤に染めるシャーリン。うん、推せる！　この子は推せる！

「ランベスト邸は内装も落ち着いていますのね。我が家とは大違いですわ」

「そうですか？」

「えぇ。センスがないのですわ、うちの両親。わたくしはシンプルな物を好んでおりますのに『お前はこっちが似合う』と身に着けるものにまで口出しして来ますし……お陰でこの有様ですわ」

今日シャーリンが身に纏っているドレスはいつも以上に煌《きら》びやかだ。

赤いサテン生地の上に黒いレース生地が重ねられ、一見すると落ち着いて見えなくもないのだが、あちこちに宝石が散りばめられており、別の人が着ていたら下品と言われかねない仕上がりになっている。

「フェリー様と会うのだと知るなりこれですわ。こんなドレス、趣味ではありませんのに」

シャーリンも色々と苦労しているんだな。

「この髪だって本当は巻きたくありませんのに、毎朝侍女達がせっせと巻いてくれますの。これがないとわたくしではないなんて言いながら」

「そうなんですね……あの、その髪って仕上げるのにどのくらいの時間が掛かるんですか？」

「毎朝二時間は掛かりますわ……朝の時間は貴重ですのに、この髪を巻くだけで二時間ですのよ?!　髪に二時間なんて馬鹿げていません?!」

相当フラストレーションが溜まっていたのか、鼻息も荒く愚痴ってきたシャーリン。ゴテゴテしたのが好みだと思っていたけど実際は違うんだね。一家総出で悪役令嬢の外見を作り上げられているようだ。

「そういえばシャーリン様はヘルドリアス殿下の婚約者なのですよね？」

「ヘルドリアス様……」

名前を出しただけですっごい嫌な顔をしたシャーリン。

「……シャーリン様はヘルドリアス殿下を嫌っていらっしゃると小耳に挟んだのですが……」

「はぁ……婚約者なんて辞退してしまえたらどんなに幸せか……」

「やはり、お嫌いなのですか？」

「……フェリー様は浮気性の殿方はお好きですか？」

「あー……嫌です」

「……そういうことですわ。わたくし、フェリー様達に憧れておりましたの！　婚姻なさる前からフェリー様を守り慈しむランベスト様のお姿は、わたくしの理想とするものでしたのよ。わたくしもそんな風に殿方に愛されたいと思っておりましたのに……蓋を開けてみればあんな浮気性の婚約者ですわ！　好きになれる要素などありませんわ！」

「殿下がそういう方なのだと知ったのはつい最近で……王太子としてはご立派なのでしょうが、どの女性に対しても優し過ぎるというのは……軽薄に見えてしまいますね」

「そうでしょう⁈　確かにあの方は王太子としては本当にご立派で、次期王としても申し分のない方ですが、一人の殿方としては本当に最低で！　……ヤダ、わたくしったら！　普段はこのようなこと誰にも言いませんのよ⁈　なぜかしら、フェリー様の前ですと、わたくし、自分を取り繕うことが出来なくなるようですわ」

「それは嬉しいです！　ここには私達しかいませんし、私達友達なのですから、ここだけの話として吐き出してください」

「あ、あの……それでしたら、わたくしのことはシャルと、お呼びいただけますか？」

「ええ、勿論《もちろん》！　私のとこはフェリーと呼んでください！　口調も取り繕わなくて構いません」

「ありがとうございます、フェリー」

　頬を染めるシャーリンの可愛いこと！

「フェリー、改めてこの前はごめんなさい。わたくしの指示ではないとは言え、わたくしの周りにいる者達があなたに迷惑を掛けてしまって、本当にごめんなさい」

「そのことは本当に気にしてないから。私に謝る必要はないのよ」

「リリン様にも本当に申し訳ないことをしてしまったわ。わたくしとしてはリリン様に頑張っていただいて、殿下の婚約者の座を射止めていただけたらって思っていたのだけど」

「そうなの?!」

「そうよ！」

「本当に嫌いなのね」

「……好きにはなれないわね……お顔はお綺麗だと思うのよ？　でもそれだけ。他に婚約者の座を望む方がいらっしゃるならわたくしの個人財産から感謝料をつけて差し上げてもいいくらいに、代われるものなら代わってもらいたいわ」

「うわぁ、そこまで……」

「そう、そこまでなのよ……」

　ゲームでは強火な嫉妬をするほどにヘルドリアスを愛していたシャーリン。

　でも現実ではリリンに婚約者の座を譲りたいほどに嫌がっているとは驚きだ。

　でも確かにねー、あのヘルドリアスのチャラい感じは嫌だわ。誰にでも優しい彼が私にだけ見せる特別な優しさにキュン♡　なんてシチュエーションが好きな人はいるんだろうが、私が知ってるのはミューゼ様からの愛しかなく、その愛と比較すると、ケッ！　と思ってしまう。私にだけ優しくて、他はどうでもいいって方が嬉しい！　絶対！

「フェリーとランベスト様は、政略的な婚約、だったのよね？」

「初めはそうね。父がランベスト家の治水事業に技術と資金を提供したのがきっかけで結ばれた婚約だったわ」

「それが今では溺愛！　はぁ♡　素敵よね♡」

「溺愛ではないと思うけど」

「何を言ってるの?!　溺愛よ、溺愛！　フェリーだけだって一途さを隠さないあのランベスト様の姿！　フェリーにしか見せない微笑み！　あれこそが理想の王子様だわ！」

「ミューゼが王子様……なんだか似合わないわ」

「わたくしにもそういう殿方が現れないかしら……はぁ」

「シャルはどんな人が好みなの？」

「わ、わたくしの好み?!　……笑わない？」

「笑わないわよ」

「わたくし、お顔が凛々しい方よりも可愛らしい方が好みなの……守って差し上げたいと思うような愛くるしさを持った方が、いざという時はわたくしを守ってくださる。そして一途に愛し愛される……」

　首まで真っ赤にして話すシャーリンがまた可愛くて‼　本当に別の扉が開きそうだ。

「おかしいでしょ？　こんなにキツい顔をしたわたくしがこんなことを言うなんて」

「全然おかしくない！　むしろ可愛い！」

「かっ?!　可愛い?!　わたくしが?!」

「すっっっっごく可愛い！」

「あ、あっ、ありがとう」

照れまくるシャーリンも可愛い。

「シャルの好みのタイプだと……キリアン様みたいな顔かな？」

キリアンの名を出した途端、それまで以上に顔を真っ赤に染めたシャーリン。ん？　これは？　もしや？

「もしかしてシャル、キリアン様のこと」

「なっ、なっ、何を仰るのやら？　キ、キ、キ、キ」

「キリアン様？」

「そ、そう、その方！　そんな方、存じ上げませんことよ！　オホホホホ」

「……動揺しまくりじゃない?!」

「ど、ど、動揺など、これっぽっちもしておりませんことよ！　オホホホホ」

動揺するとシャーリンは口調が悪役令嬢調になり、オホホ笑いをするらしい。面白い。

「へー、キリアン様かー。キリアン様ねぇ」

「で、ですから！　違いますのよ、本当に！　キ、キリアン様、でしたかしら?!　そのような方は存じ上げませんことよ！　オホホホホ」

可愛いし、面白いぞ！　でも、そっかー、キリアンかー、キリアンが好みなのかー。ってか、この反応は好きだよね？　Ｌｉｋｅじゃなくて Ｌｏｖｅ？

「シャルの好みはキリアン様か……案外お似合いかも？」

「そ、そんなことはございませんことよ！　オホホホホ！　おかしなことを仰りますのね！　オホホホホ！　そもそもキ、キ、キ、キリアン様でしたかしら？　そのようなお方、存じ上げませんことよ！　オホホホホ！」

　シャーリン、ご乱心。

「……取り乱してしまいましたわ。わたくし、殿下の婚約者なのですから、殿下以外の殿方など、ましてや己の好みなど口にしてもいけないのですけれど……お恥ずかしい」

「今は私しかいませんし、好みのタイプは誰にでもありますよ。恥ずかしいことなんかじゃありません」

「そう言っていただけるとありがたいですわ。ところでフェリーはどういった殿方がお好みですの？　やはりランベスト様？」

「はい！」

「まぁ、お熱いですわね」

　それから私達は色々と話をした。

　シャーリンは実は目立つことが嫌いな、読書などをしながら落ち着いて過ごすことを好む子だった。

　そしてアリザの小説の愛読者でもあった。作者を知っていると言ったら凄い食いつきを見せ、アリザの許可が下りたら後日紹介する約束をさせられた（まだアリザの名は明かしていない）。

　貴族であり、王家に次ぐ高貴な身分であるから政略結婚は仕方がないと思いつつも、相手には自分に対して誠実であって欲しいと願い、また自分も相手に対して誠実でありたいと思っている、ちょっぴり恋愛に夢見がちな可愛らしい乙女だった。

　実は取り巻きにも困っているようなのだが、自分に擦り寄ってきているご令嬢達は身分的にも立場的にも弱い人達が多く、自分という盾がなければ学園で甘く見られる存在であるから容認しているだけなのだそうだ。

「毎日毎日あんなにゾロゾロとご令嬢を引き連れて歩きたくはないのですが……守って差し上げないと、家の借金などで弱味を握られている相手に、下僕のような扱いを受けるかもしれないでしょ？　わたくしが盾になれるのであればなってあげようかと思いまして……」

　良い子だ！　めっちゃ良い子だ！　ヘルドリアスには勿体ない良い子だ！　こんな良い子が悪役令嬢だなんて絶対嘘！　ゲームでは悪役令嬢だったかもしれないけど、この世界のシャーリンは間違いなく素晴らしい女性！

　ゲームはヒロインと攻略対象者達の視点で描かれていて、ヒロイン絶対優位で話が進んでいくけど、現実だったら婚約者のいる相手に何してんの?!　って話だし、婚約者にちょっかい出される立場で見たら、ありえない！　ってなるのが当然だし、それだけのことをしているんだから覚悟は出来てるんでしょうね?!　と思うだろう。

　高位貴族を相手に喧嘩を売ってる時点で色々とアウトなのに、そういうのはそっちのけで話が進んでいく。

　そしてどうして断罪は衆人環視の中で行わなければならないのか?!　個室に呼んで当事者同士

の話し合いでは駄目なのか?! 孤立無援状態で好奇の目に晒されながら断罪される意味とは?! それが「ざまぁ」なのだと言われたらそれまでだけど、やられる側からしたらとんでもないことだと思う。

シャーリンにはそんな目に絶対遭って欲しくない。もちろん私も遭うつもりはない。

「本日はありがとうございました。とても名残惜しいですけれど、そろそろお暇《いとま》いたしませんと」

「私も楽しかったです！　ぜひまたご招待してもよろしいでしょうか？」

「ええ、ぜひ！　本当は学園でもお話ししたいのですが、わたくしの周りには沢山の方がおりますので、碌《ろく》に話も出来ないと思いますの。それにフェリーは大事な体ですから、我が家にご招待するのは良くないと思いますし……ですから今後は遠慮なくお誘いくださいまし！　わたくし、いつでも参りますので！」

「はい！」

シャーリンは本当に名残惜しそうに帰っていった。

「楽しかったようだな」

「ええ、とても！　シャルってヘルドリアス殿下の婚約者には勿体ないほどに素敵な女性で。私、大好きになったわ！」

「確かにあの男には勿体ないご令嬢だな。しかし、大好きとは聞き捨てならない」

「え？」

「フェリーの大好きは俺にだけ向いていて欲しい」

「ミュ、ミューゼ？」

「……ふっ、我ながら呆れるな……でもそう思うのだから仕方がない」

「私の一番はいつだってミューゼよ？　それは変わらない」

「フェリー……」

　私に抱き着いてくるミューゼ様が可愛くて愛おしくて、伸ばした手に力を込めた。

　前世から大好きで夢中だったミューゼ様。それはこの世界に生まれ変わってきても変わらず、むしろもっともっと好きになっている。

「私、幸せだわ」

「俺も幸せだ……子が生まれたらもっともっと幸せになる……楽しみだ」

　私のお腹を撫でながらミューゼ様が幸せそうに微笑んだ。

　この穏やかで幸せな時間がずっと続きますように（これはフラグではない！）。

◆◆◆

　茶会翌日、学園に行くと、「お願いしますわね！」と無言の圧力を発しながら目をキラキラさせるシャーリンが待ち受けていた。

　シャーリンとはクラスが違うので、アリザとは接点がなさそうだけど大丈夫かな？　と思いつつもアリザに声を掛けた。

別教室に呼び出し、ミューゼ様同伴で待っていると、アリザがニコニコ顔でやってきた。

「お話とはなんですか？　あ！　聞いて下さい！　フェリー様達をモデルに書いている小説が、担当の人に絶賛されて書籍化しそうなんです！　まだ話数が足りない上に完結もしていないのでもう少し先になりそうなんですが、もしそうなったらお礼に本を贈らせてください！」

「書籍化?!　凄いじゃない！　アリザ様はやはり才能があるのね！」

「モデルが良いんですよ！　お二人を見ているとイメージが膨らんでどんどん創作意欲が駆り立てられるんです！」

実にキラキラした目で私達を見ているアリザ。純粋過ぎる瞳が痛い。

「あ、それでね、アリザ様のことを紹介したい人がいるのだけど」

「私を、ですか？」

「ええ。あなたの大ファンなのだそうで、ぜひ紹介して欲しいと熱望されてしまったの。あ、アリザ様が作家だということはまだ話していないわよ？　まずはアリザ様の許可を得てからだと思って」

「私のファン、ですか？　どのような方なのでしょう？」

「シャーリン・レズモンド様なのだけれど、ご存知？」

「シャーリン様?!　え?!　あのシャーリン様ですか?!」

あの、とは？　あのシャーリン以外いる？

「殿下の婚約者であるシャーリン様よ」

「あのシャーリン様が?!　嘘！　え？　え？」

パニックになり始めたアリザ。あわあわしている姿が前世で見たハムスターみたいで可愛らしい。色味的にも髪が茶色で肌は色白で、クリクリした黒目だからまさにゴールデンハムスターカラー。その上小柄だし……ハムスターにしか見えなくなりそうだ（失礼）。

「いいかしら？　シャーリン様にはぜひ紹介して欲しいと頼まれてしまったのだけど」

「は、はいっ！　喜んで！」

頬を紅潮させて嬉しそうなハム……アリザ様が可愛らしい。

ということでアリザをシャーリンに紹介することになり、また我が家で茶会が開催されることになった。

私は口添えだけで二人きりで会う方がいいかと思ったけど、アリザが「緊張するので一緒にいて下さい！」と言うし、シャーリンも「わたくし、興奮のあまりとんでもないことを口走るかもしれませんから、ぜひ一緒に！」と言うものだから私も同伴することになり、妊婦を連れ回すようなことは駄目だと二人が判断したようで、「迷惑でなければランベスト邸で……」と言われて我が家での茶会となった。

またシャーリンが来ると聞いたセナ様は「あの子がうちに来てから、レズモンド公のあの馬鹿みたいな牽制が減ったのよ！　今後もバンバン呼んじゃっていいわよ」と嬉しそうにしていた。

クリス様がまた妊婦にも安心で美味しいお茶を手に入れてきてくださり、今回はランベスト家の料理人が「どこにも負けないお菓子を作りますから！」と懇願するのでお茶菓子をお任せして、前回と同じくティールームに招いた。

夫婦別室であれば私の部屋に招くのだけど、我が家はしっかり夫婦同室。セナ様とクリス様も同室なのだそうだ。

「夫婦が別室にする必要ある？　喧嘩した時は客室を使えばいいのだし、お互いに別々の部屋を持つとそれだけ夫婦仲が冷えちゃいそうじゃない？　怪しい企みも出来ちゃいそうだし、不毛よね！」

と言うのがセナ様の考えだ。

という訳で今回もティールームを使用しての茶会。

今回も私はウキウキと用意をしたのだが、ミューゼ様が「やっぱり妬ける」と少し頬を膨らませて呟いていた。

なんだろうか、この愛らし過ぎる生物は！　愛らしさの波に飲まれて溺れそうだ（どういうことかな？）。

シャーリンより先にやって来たアリザを別室で待機させて、遅れてやってきたシャーリンに勿体ぶって（サプライズ的に）紹介した。

「あ、あ、貴方様が偉大なる、あの、あの、ザリアーヌ様なのですね‼」

ザリアーヌ・テュポンというのがアリザのペンネームだ。アリザの名を並べ替えた上でちょい足しし、担当者さんの姓を拝借して出来上がったペンネームらしい。

「まさか！　まさか同じ学園にザリアーヌ様がいらっしゃるとは露知らず！　お声掛けして下されば馳せ参じましたのに！」

シャーリン、興奮のあまり訳の分からないことを言っているぞ！

「偉大だなんてとんでもない。私が作者でガッカリしていませんか？」

「ガッカリだなんてとんでもありませんわ！　あぁ、その小さな手であのような傑作を生み出されておられるのですね！　素晴らしい！　素晴らしいですわ！」

「は、はぁ、ありがとうございます」

シャーリンの興奮にタジタジのアリザ。さながら焦るハムスターと大興奮する高貴な黒猫のようだ（その場合ハムスター非常に危険）。

それからシャーリンはアリザの作品がいかに素晴らしいかを力説し、アリザは終始恥ずかしそうに顔を真っ赤にしていた。

シャーリンの作品への愛が凄まじく、前世ならば絶対に仲間だろうなぁと感慨深くその様子を眺めていた。

「今はどのような物を書いていらっしゃるのかしら？　あ、皆まで言わなくても構いませんのよ！　ただ最近新刊が出ておりませんでしょう？　なので書いていらっしゃるのか気になっておりまして」

「最近はフェリー様ご夫婦をモデルにした作品を書いています。もう少し先にはなりますが書籍化するかと」

「まぁ！　まぁまぁ！　フェリーをモデルに?!　それはまた素晴らしい作品になりそうですわね！　ぜひ発売された暁にはご一報くださいまし！　必ず購入いたしますわ！」

「い、いいえ、差し上げますよ？」

「へ？　ひょわぁぁぁ！　く、くださるのですか?!　わたくしに?!」

「はい」

シャーリンの口から思いっきりおかしな声が出たけどアリザはそこを華麗にスルーした。

「あの！　あの！　よろしければサインなど書いていただけましたら、わたくしもう思い残すことはございませんわ！」

「サインですか？」

「はい！　後ろの方にサラサラーっと書いていただけましたら、もうそれだけでわたくしは！」

「そういうことでしたら、はい、書きます、サイン」

「よろしければ『シャーリンへ』と書いていただけましたらこの上なき幸せ！」

「は、はい、分かりました」

推しに押し負ける作家さん、同人会場で見たなぁ。懐かしい……。

茶会はシャーリンが大興奮のうちに幕を下ろした。

「またぜひご一緒いたしましょう！」

「わ、私でよければ」

「もちろんですわ！　わたくし達もうお友達ですわよね？　ね？　ね？」

「そ、そうですね」

ということで私に新しい友達が増えた。推し推される間柄で友情は育めるのか？　とちょっと疑問に思ったが、基本的にシャーリンは良い子だし、まぁ大丈夫だろう、多分。

二人が帰った後、ミューゼ様が甘えるように私にべったりだったのは……いつものことかな？

◆　◆　◆

妊娠五ヶ月と少し経ちました！　最近お腹がポッコリと膨らんできた私。

私よりも私の体の変化に敏感なミューゼ様は「ボディクリームを塗るぞ！」とやたらと嬉しそうにしている。なぜだ?!

ミヤ様曰く「早くから塗るに越したことはないが、今はまだ塗らなくてもいい」とのことなので丁重にお断りしたんだけど、「早くから塗るに越したことはないと言うんだ！　俺に任せろ！　マッサージの仕方も完璧だ！　任せろ！」と目を爛々《らんらん》と輝かせてクリーム片手に迫ってくる。ちょっと怖いぞ！

ミューゼ様の手による毎晩寝る前のクリーム＆マッサージがすっかり習慣のようになり、凄く凄く、物凄く恥ずかしいのにせっせとマッサージをしてくれる。

「これからどんどんと膨らんできて、腰や股関節にも負担がかかると聞いた。少しでも違和感があればすぐに言え！　あと重い物は持つな！」

過保護に拍車がかかっております。

学園でも段差があれば「気を付けろ！」とすぐに腰を抱いてくるし、たった三段だけの裏庭へ出る為の階段すらもお姫様抱っこという徹底ぶり。

さすがに行き過ぎではないかとセナ様に相談してみたところ、「親子ねぇ。クリスもそうだったわ♡」と。そんなところまで遺伝するの?!

「諦めるしかないわよ、フェリーちゃん。うちの男達は妻に過保護なのよ」

セナ様が笑いながらそう言った。


今日も元気にヘルドリアスに突進しているリリン。シャーリンの為にも頑張って欲しいと思うようになった今日この頃。

でもヘルドリアスが言うように、好き！　っていう熱量を感じないんだよねー。攻略対象者だから取り敢えず突進しているって感じにしか見えない。

本当に好きならそれでいいんだろうけど、私はヒロインなんだから！　っておかしな方向性で突進しているだけなら、自分の幸せの為にもやめた方がいいと思うんだけどなぁ。

私が声を掛けても嫌がられるだけだし、ミューゼ様がリリンに近付くことを良しとしてないから近付くことすら難しい。

ゲームの世界だから攻略対象者と結ばれるのが当然！　と思ってるのかもしれないけど、結局は自分の気持ちが一番なんだから、ゲームに縛られる必要はないと思うんだけどね。

まぁ、それは自分で気付かなきゃ本当に幸せになんてなれないのかもしれないけど。

余計なお節介ババァとしての私が顔を出すんですよー。前世で何歳まで生きたかよく分からないけど、リリンの前世よりは絶対年上だと思ってるし。

「また何か考えているのか？　フェリーはいつも人のことを考えてばかりだな」

ミューゼ様がちょっと面白くなさそうな顔をしている。

「そんなことはないわよ？」

「……俺のことだけを考えていればいいのに」

「へ⁉」

「四六時中俺だけのことを考えていればいいのに、と思う」

「……それは……ミューゼだって四六時中私のことだけ考えてばかりいられないでしょ？」

「俺はいつだってフェリーのことばかり考えてる」

「そ、そうなの？」

「そうだ。当然だ」

当然なんだ……。

私も比較的ミューゼ様のことばかり考えてるけど、四六時中ずっとは無理だ。お腹の赤ちゃんのことを考えてみたり、友達のことを考えてみたり、今みたいにリリンのことを考えてみたりしてしまう。

私って実は気が多いタイプなのかな？

「俺が狭量なだけだ、気にするな」

今回もきっちり思考を読んでくれたミューゼ様。本当にエスパーですか?!


「はぁ……」

今、目の前でシャーリンが盛大な溜息を吐いている。

帰ろうとした私を呼び止めて「後でお伺いしてもよろしいでしょうか？」と聞かれたので頷いたのだが、シャーリンは学園が終わると速攻で我が家にやってきて、現在に至る。

「何かあったの？」

「はぁ……実は殿下とデートをすることになったの……はぁ……」

相当嫌なのだろう。

「いつもはわたくしのことなど気にも止めない殿下が、突然訪ねてこられて、「デートしよう！」と仰って……以前にもデートと称して出掛けたことがあったのだけど、その時のデートが最悪過ぎて……」

シャーリン達の婚約は十六歳で結ばれた。王太子としてはかなり遅い婚約だった。

婚約が結ばれて一ヶ月経った頃に、ヘルドリアスがシャーリンをデートに誘い、馬車で半日ほどかかる、観光地として有名なナスマーニャという町に出掛けたそうなのだが、そこでヘルドリアスは若くて可愛い女の子を見掛けると当然のように声を掛け、シャーリンそっちのけで女の子の相手をし、という散々なデートだったのだそうだ。

「愛だの恋だのといった感情を持ち合わせてはいないと言っても、目の前で他の女性に声を掛ける姿を見せられるのは腹立たしくて……またそんなデートが繰り返されるのかと思うと、今から不治の病に罹《かか》りたい気分で……」

　仮にも婚約を結んで一ヶ月の相手の前で、他の女に声を掛けまくるのはいただけない。怒って当然だと思う。

　ミューゼ様がそんなことをしたら……駄目だ、全くそんな想像が出来ない。そんなことをしないという絶対的な確信がある。ありすぎる！

　声を掛けてきた女を、氷漬けにしてそのまま息の根すら止めてしまいそうな視線を投げる姿は想像出来ても、チャラくなって女に見境ない姿なんて全く想像出来ない。

　だからってシャーリンが病気になるなんて絶対駄目！

「断れない、わよね？」

「……断ったわ、一度。でも『僕達は婚約者なのに今までそれらしいことをしてこなかったからね。これからはもっと交流を持とうね』と言われてしまい……はぁ……」

「それは……」

「わたくし、どうしたらいいの？　あの方とデートなんて……嫌すぎて今すぐ尼僧になってしまいたいくらいだわ……はぁ……」

　この世界、修道院があるのだが、それとは別に「今後は男断ちして生きていきます！」と誓約して入る尼僧院というところがある。

男により酷い目に遭い、二度と男とは関わりを持ちたくないと思うほどに男性恐怖症に陥った女性の保護施設のような場所で、そこに入ると家族でも連れ戻すことが出来ない。

　本人がもう大丈夫だとなれば出ることは可能なのだが、手厚く保護される上に同じ境遇の仲間がいるからなのか、一度入ると八割は出てこないし出たがらないという驚異の施設である。

　そんな施設にシャーリンが入ったら簡単に会いにも行けない。

「尼僧は駄目！」

「言葉の綾《あや》よ」

「もしかしたら楽しいかもしれないわよ？　初めてのデートから時間も経っているし、殿下も反省しているのかもしれないし」

「……そうね、そうかもしれないわね……でもまた同じだったら、その時は思いっ切り殿下の悪口を言ってやるわ！　その時は聞いてくれる？」

「いくらでも聞くわ！」

◆　◆　◆

　それから四日後、シャーリンとヘルドリアスのデートの日が訪れた。

　私は一緒について行く訳にもいかないので心の中で、上手くいくことを祈っていた。

「心配か？」

「ええ、心配」

「前回のデートのことは俺も耳にしている。ヒューゴが激怒したらしい」

「ヒューゴ様が？」

「ヒューゴは昔からシャーリン嬢のことが好きだからな」

「え?!　どういうこと？　ヒューゴ様って婚約者いらっしゃるわよね？」

「ヒューゴに婚約者？　いないぞ」

「え?!　嘘?!」

「決まりかけた婚約はあったようだが、ヒューゴが頑なに嫌がって流れたようだ」

　新たなる驚愕の事実に私はしばらく呆然としてしまい、そんな私を見てミューゼ様が、「ヒューゴに婚約者がいないことがそんなにショックか？」と斜め上のヤキモチを妬いてしまった。

　ゲーム内ではヒューゴ様には伯爵家かどこかのご令嬢が婚約者として君臨していた。陰湿な性格で、嫌がらせなども非常に陰湿だった（ゲーム板情報）。

　どんな人なのかな？　とは思っていたけど、自分のことに精一杯で気にしていなかったのだが、まさかシャーリンのことが好きで婚約者もいないとは驚きだ。

　シャーリンはキリアンのことが好きで、ヒューゴはシャーリンに片思いとは……。

　この世界のシャーリン、めっちゃ素敵女子だからヒューゴが惚れる気持ちは分かる！　見る目があると思う！

　でもそのシャーリンはヘルドリアスの婚約者……。ヒューゴ、切ない片思いしてるんだね……。

シャーリン side

わたくしはシャーリン・レズモンド。

この国最古の公爵家に生まれた、ただそれだけの、中身は至って普通の女。

派手さを好む両親と頭の固い兄に愛されて育ったのだが、両親や使用人達はわたくしに過干渉で、幼い頃から「シャーリンにはこれが似合う」「お嬢様らしいのはこちらです」とわたくしの好みとは真逆のものばかりを押し付けられてきた。

嫌ならば嫌だとはっきりと断ればよかったのだが、わたくしの為を思っての行動だと分かっていたので何も言えなかった。

わたくしの見た目はほぼお母様譲りである。

お母様は他国の元第四王女であり、その国の王族だけが持つといわれる黒髪に赤目を有しており、わたくしもその特徴をしっかりと受け継いだ。

柔和な顔をしていれば黒髪赤目は魅力的に映るだろうが、生憎《あいにく》とわたくしはお父様から受け継いだキツく見える吊り目をしており、鏡で自分の顔を見る度に魔女のようだと思っていた。

絵本に描かれている男を惑わす悪い魔女は、暗めの茶色い髪に血のように真っ赤な瞳の妖艶な女で、歳を重ねる毎に自分の容姿がその魔女に近付いているようで悲しくなったものだ。

わたくしは淑女としてはしたないのだが恋愛小説を愛読書としており、庭の芝生に腰を下ろして陽だまりの中で恋愛小説が読めたら幸せで、そんな穏やかな日々を過ごしていたいと思っていた。


けれど我が家はこの国最古の公爵家。

その娘が何もせずに日がな一日のんびりと恋愛小説に耽《ふけ》ることが許されるはずもなく、幼い頃から王族に匹敵するほどの淑女教育を受けてきた。

いつの間にか「レズモンドの黒薔薇姫」と呼ばれ始め、寄ってくるのは公爵家の権力に擦り寄りたいという欲が見える者ばかりになり、恐らくは家から「シャーリン様に気に入られなさい」と命令されたのであろうご令嬢が周囲に侍《はべ》るようになっていた。

大抵が家の経済状況が悪い、爵位もそれほど高くないご令嬢が多く、そういう家は寄親《よりおや》であったり、借金をしている家の子息令嬢に下僕や従者、またはそれ以下の扱いを不当に受けやすく、また利用されて知らぬ間に罪を被せられて切り捨てられることも多い。

わたくしという盾があることでその状況から抜け出せるのであれば……そう思って容認している。

十五歳で社交デビューと学園への入学を果たしたわたくしは、そこで憧れの存在を見つけた。

フェリー・ロマンナ侯爵令嬢とミューゼ・ランベスト公爵令息である。

ミューゼ様のことは同じ公爵家のご令息として以前から知ってはいたのだが、その婚約者であるフェリー様を見たのは学園に入学してからだった。

溺愛しているのがはっきり分かるほどに、ミューゼ様はフェリー様を大切にされており、またフェリー様も恥じらいつつもそれを受け入れ、互いに互いを想い合うのが分かる関係性を築いているお二人の姿は、わたくしが理想とする恋愛小説の中の恋人同士そのものだった。

氷の貴公子と呼ばれるミューゼ様が、フェリー様の前でだけはその氷を溶かして穏やかに微笑む。

視線だけで人を殺しそうなあの男が、フェリー様にだけ向ける熱い、胸の奥底までもを溶かしてしまいそうなほどに甘い視線。

まだ婚約者という間柄だからなのか互いに少しだけ遠慮を感じるが、見つめ合う二人の視線には誰も邪魔など出来ない確かな絆《きずな》を感じた。

「素敵ですわ！　わたくしもお二人のような関係になれるお相手に選んでいただければ、きっと幸せでしょうね」

わたくしの婚約は政略的なものしか望めない。

だけど、政略的な婚約を結んだあのお二人があのような素晴らしい関係を刻んでおられるのであれば、わたくしにもしかしたらそんなお相手が出来るかもしれない。

そう思うと胸がほんわりと温かくなった。

しかし……。

十六歳でわたくしは王太子殿下であるヘルドリアス・ラヴィ・グライム様の婚約者に選ばれた。

殿下の婚約は、本来であればもっと早くに結ばれるはずだったのだが、予定されていた隣国の第二王女様との婚約が、情勢の関係上流れてしまってからはずっと婚約者不在の状況が続いていた。

殿下と隣国の第二王女様は顔合わせすらされなかったようで、第二王女様を心の内に住まわせておられるのであれば寵愛は望めないのではないか、と思っていたわたくしの心を少しだけ軽くしてくれた。

だが、わたくしは婚約して早々にこの婚約を解消して欲しいと願うようになっていた。

ヘルドリアス殿下は、金色の艶やかな髪に紫色の魅入ってしまうほど美しい瞳を持つ見目麗しい、王太子と呼ばれるのに相応しい外見をされているが、女性にはだらしがなかったのだ。

王城で働く侍女（良家のご令嬢）に頻繁に声を掛け、頰を染める侍女の頰を優しく撫でるお姿は、婚約したその日に目にした驚愕の光景だった。

そのことを咎めると「女の子には優しくしなきゃ。シャーリンは妬いてくれたんだね。女の子のヤキモチは嬉しいよ」と鳥肌が立つような台詞を吐いた。

なんですの?!　なんですの、あの男は?!　あれが王太子?!　ただの女好きではありませんか！

しかし王太子としての彼は大変優秀であった。

犯罪の温床となっている貧民街に大胆な手法で手を入れて、そこに住む者達を追い出すことなく、そこに根付かせたまま職を得る方法を考え出し、渋る議会をねじ伏せてその案を採用させて施行し、平民からの感謝と信頼を得た。

下水道というものを知らなかったこの国に、汚水処理まで施せる下水道を浸透させたのはなんと十歳の頃だと聞いた。

他にも耳にするのは「素晴らしい王太子殿下だ」と讃えられる功績ばかり。

誰もが認める、次期国王として申し分のない男。

そんな方の婚約者になれたのだから誇るべきなのだろうが、わたくしの心はどんどんと沈んでいった。

殿下の態度に幻滅しつつも、まだどこかで期待を抱いていたわたくし。

婚約したからといって頻繁に会うこともなく、婚約が結ばれて一度お会いしただけだった。

そんな時、殿下からお手紙を頂きデートに誘われた。

初めてのお誘いにわたくしは大きな期待を抱いてしまった。

浮き立つ気持ちを隠しつつも、隠しきれない嬉しさを感じ取った兄に、「浮かれ過ぎるのは淑女としてはしたないぞ」と言われながらも「楽しんでこい」と送り出され、両親にも「楽しい時間を過ごしてきなさい」と言われ、馬車で半日掛けて向かったナスバーニャ。

年中暖かい土地であり、真っ青な海と白く輝く砂浜を有するナスバーニャは活気に溢れていて、降り立った瞬間潮の香りがした。

一泊二日のナスバーニャの小旅行。

視察も兼ねたその旅行は婚姻前のわたくし達には本来であればまだ早過ぎるものだったが、休みらしい休みも取れない殿下の為に陛下が気を利かせてくださったのだ。

「町を見て歩こうか」

二人で町を歩くと、殿下の見目麗しいお姿に沢山の女性が頬を染めるのが分かった。

立ち寄る店では、売り子であろう女性が殿下に声を掛け、殿下もそれににこやかに対応する。

そのうち殿下は自ら女性達に声を掛け始めた。

最初は単に店員に声を掛け説明を聞きたいのだろうと思っていたのだが、おかしいと感じ始めたのは、それが十人を超え、全員が女性だと気付いた時だった。

年齢的にはバラつきはあるものの、殿下が声を掛ける女性は皆クリクリとした瞳の、愛らしい雰囲気の方ばかり。

声を掛けるだけに飽き足らず「素敵な髪だね」と女性の髪を一房掬《すく》い触れるか触れないかの口付けをしてみたり、興奮のあまり涙目になった女性の頬を撫でながら「素敵なレディに想ってもらえている、なんて自惚れてもいいのかな？」と気のありそうな言葉を吐いたり……。

その間わたくしは蚊帳《かや》の外。存在すら忘れられているように置いてけぼり。

そんな状況に耐えきれず、わたくしは一人で宿泊予定の王家の別荘へと戻った。

婚約を結んで一ヶ月なのだから、殿下がわたくしのことを想ってくださらないのは仕方がない。

だからってこの仕打ちはあんまりだ。

酷く悲しくて、やり切れない気持ちが溢れ、醜い気持ちも相まってわたくしは一人で泣いた。

殿下が戻っていらしたのは三時間以上経った頃。

「酷いなぁ、僕を置いて先に戻ってしまうなんて」

「……殿下は他の方と楽しんでいらした様子でしたので」

さり気なく言った嫌味。我ながら嫌な女だと思った。

「え？　僕が？　誰と？」

意味が分からないという顔をする殿下に腹が立って思わず、「愛くるしい女性に声を掛けては甘い言葉を囁いておられましたでしょう！」と言ってしまった。

「あぁ、そういうこと？　ヤキモチ？」

女心がまるで分からないのか、単にとぼけているのか、この人の心が全く分からない。

「女性には優しくしなきゃ男として失礼でしょ？　女性を口説くのは紳士としての嗜《たしな》みだよ」

サラリとそう言った殿下にわたくしは、この方に期待をするのはやめようと思った。

きっと殿下とはわたくしが思い描くような関係は築けない。この方は女性ならば分け隔てなく優しくし、まるで息をするように甘い言葉を吐くのだろう。

そこに殿下の気持ちが入ってはいなくても、相手が女性ならばこの方は誰にでも同じようにするのだろう。

わたくしはそんな殿方を好きにはなれない。

国王となれば子孫を残す為に愛妾や側室を置くことも認められているが、それは正妃に子が出来なかった場合の最終手段であり、推奨されてはいない。

だけど殿下との未来を想像すると、離宮に溢れる女性達の姿しか浮かんでこない。

わたくしを正妃に据えながら、わたくしのことも愛妾や側室達のことも分け隔てなく愛する。女性に対して博愛主義的な考えなのかもしれないが、わたくしはわたくしだけを愛して欲しいし、もし必要に迫られて愛妾や側室を置かねばならなくなったとしても、最愛はわたくしであって欲しい。

そう望むこと自体烏滸《おこ》がましい、実に傲慢で我儘な考えかもしれないが、そう望んでしまうのだ。

「ヤキモチを妬いてくれるシャーリンも可愛いなぁ」

心がこもっているのかどうかすらも読めないそんな言葉を囁かれても心は全く動かなかった。

二人で一緒に摂った食事中も、壁に控える別荘の使用人の若い女性に声を掛ける殿下。

楽しみだったはずの旅行が苦痛に変わり、早く家に帰りたくて仕方がなかった。

寝る前に外の空気を吸いたくなりバルコニーに出てみると、バルコニーに面した庭に殿下の姿を見つけた。

先程声を掛けていた使用人女性と二人で並んで立っていて、女性は楽しげに笑顔を浮かべていた。

「そんなに色んな女性に優しくしたいのなら、婚約なんて結ばなければ良かったでしょうに！」

「馬鹿にするのも大概になさって‼　わたくしをなんだと思っているの⁈」

「本当に最低！　最低！　最低！　クズ！　クズ！　クズ！」

用意された自室で一人、枕に口を押し当てて醜い言葉を沢山吐き出し、最悪な気持ちのまま眠りについた。

翌朝、殿下は急用が出来たそうで王都へ一人で帰ってしまっていて、そのことを伝えに来たヒューゴ様に案内されて再び町を観光して歩いた。

ヒューゴ様は幼少期からの殿下の御学友であり幼馴染で、今では殿下の右腕であり側近である人だ。

わたくしも幼い頃からヒューゴ様のことを存じあげており、六歳の頃には頻繁に遊んでいた時期もあった。

ヒューゴ様と遊ばなくなったのはなぜだったか思い出せないが、わたくしは幼馴染だと思っている。

前日のことを知ったヒューゴ様は「あの方がすまない」と謝罪してきた。

「ヒューゴ様が謝ることではございませんでしょう？」

「しかし……」

「わたくし、気にしておりませんわ」

ご自分のことではないのに申し訳なさそうになさっているヒューゴ様。

きっと誠実なヒューゴ様であれば、ご自分の婚約者となる方とも誠実に向き合われるのだろう。

殿下がヒューゴ様のような誠実な方であれば良かったのに……。

「ヒューゴ様の婚約者になるお方はきっと幸せね」

無言だったがとても切なそうな顔をしたヒューゴ様がなぜか胸に残った。

◆
◆
◆

ヘルドリアス殿下とはあれ以降あまり接触もないままわたくしは三年生（十七歳）となった。

二年生の時は殿下と同じクラスだった為、クラスが離れて少しホッとした。

そんな時にわたくしは見つけてしまったのだ！　後にフェリーに『推し』という言葉を教えてもらい、それにピタリと当てはまる存在を！

キリアン・ヘンドリック。

ヘンドリック伯爵家の嫡男であり、常に潤んだ子犬のような愛くるし過ぎる瞳と、同じ歳とは思えないほどの童顔で小柄な彼を見た瞬間、わたくしの胸はキューーーンと高鳴った。

ヘンドリック伯爵家と言えば、一時期綿花の栽培で一財産を築いたのだが、その後綿花の普及により低迷を辿り、先代の伯爵の奇を衒《てら》った策により今や爵位を保つことがやっとなほどまでに落ちぶれてしまった家だ。

そんな伯爵家の次期当主となるお方に、不覚にも胸の高鳴りを覚えてしまった。

小柄な身長に少しブカブカな服が心をキュンとさせる可愛らしさを漂わせているのに、その魅力に気付く者はいないようで、さり気なくキリアン様のことを取り巻きと呼ばれるようになってしまったご令嬢方に聞いてみたのだが、「そんな方おりましたか？」「男性という感じがしません」「うーん……地味、ですかね？」と期待に反した答えしか返ってこず、わたくしは人とは違う感覚を持っているのかと少しばかり落ち込んだ。

だがしかし、キリアン様という存在を知ってから、わたくしの生活は華やかなものへと変わっていった。

小柄な体でチョコチョコと走る姿を見るだけで、わたくしも頑張らなければと思えたし、何よりも心の潤いが違うのだ。

楽しそうに友人と笑い合う姿にキュンとし、落ち込んでいる姿を見るとわたくしの全財産を差し上げれば元気になられるかしら?!　と思い（迷惑にしかならないのでしておりませんわよ）、パンを頬張る姿に、生きていてくださってありがとうございます！　と感謝し、たまに見る仄暗《ほのぐら》い雰囲気に、そんなお顔もされるのですわね！　貴重ですわ！　貴重すぎますわ！　と興奮する日々。

わたくし、恋愛は小説の中のものしか知らず、これが恋というものなのかと思った時期もありましたが、考えれば考えるほど違うような気がして……。

だけどキリアン様に好意を持っていることは確かで、この気持ちがどういった類のものなのか全く理解が出来ず、ですがキリアン様を見守り、遠くから愛《め》でることはやめられず、これは世間で言う浮気というものなのでは?!　と後ろめたい気持ちが少しだけ、ほんの少しだけ芽生えもしましたわ。

ですがわたくし、心の中で愛でる分には誰にも迷惑をかけないのでは？　これは浮気ではないのでは？　好きという感情とも違う気がしますし、大丈夫なのでは？　と思い、以降もキリアン様をそっと遠くから愛でまくる日々を満喫。

三年生が半年程過ぎた頃、キリアン様の隣に並び立つように現れた編入生の存在に、あら？　キリアン様にも恋人が？　お幸せなのかしら？　もしかして蕩けるような笑顔など見られるようになるかしら？　と期待を込めていたのに、その編入生はキリアン様だけでは飽き足らず、殿下、ヒューゴ様、マリオン様にまで接近し始める始末。

殿下の婚約者であるわたくしの元へご令嬢達が心配の声を掛けてきたり、ご丁寧に殿下と編入生の様子を報告してくださる方まで現れ、違った意味でうんざりすることになってしまった。

なぜわたくしにそんなに細かな報告をしてくるのでしょうか⁉　それを聞いてどうしろと⁉　わたくし、殿下が編入生と仲良くされても全く構いませんわよ！　むしろ頑張っていただきたいわ！　それよりもキリアン様が心配ですわ！　あんなに愛しそうに見つめていた女性が他の殿方に行ってしまうなんて、どんなにお辛いでしょう？　……もしや、悲しみに打ちひしがれ涙する貴重なキリアン様が見られる？　人気のない教室の片隅で瞳を潤ませて切ない溜息をつくキリアン様……素敵♡　……はっ！　わたくしなんてことを考えていましたの⁉　最低ですわ！

わたくしの心は千々に乱れることとなり、キリアン様の不幸を期待する自分に幻滅することになった。

そして、暴走したわたくしの取り巻きの一人が編入生リリン・ネガン様の教科書をボロボロにしてしまった。

リリン様に犯人だと言われ疑われたのがフェリー様だと知り、もう立ち直れないのではないかと思うほどに一晩落ち込んだ。

一晩しっかりと落ち込んだわたくしは、取り巻きが仕出かしたことは自分の罪だと思い直し、お二人に謝罪をし、なんとフェリー様からお許しをいただいた上で「お友達になってください」と言われてしまった。

歓喜のあまり気を失いかける自分を奮い立たせつつも了承したが、わたくしの心は盛大な盛り上がりを見せ、その夜は大興奮のあまり目が冴え、脳内でフェリー様の言葉を思い返しては喜びに震え、翌朝のわたくしの顔には幸せの証のように隈《くま》が出来ていた。

ヘルドリアス side

彼女との出会いは六歳の時だった。

その頃の僕は胸の病気を患い、療養の為にレズモンド公爵家が保有する別宅で秘密裏に過ごしていた。

別宅は本館であるレズモンド邸のすぐ隣にあり、窓から眺めればレズモンド邸の庭が見える位置にあった。

咳で苦しむ僕の心を温める存在が、時折窓から見えるレズモンド邸の庭で、穏やかな日差しを浴びて本を読む彼女だった。

真っ黒い髪は日を浴びて頭に天使の輪を作り出し、時折揺れる固いのか柔らかいのか分からない、あまり似合ってもいない太いロール状の長い髪を邪魔くさそうに触りながらも、穏やかな顔で本を楽しむ彼女の姿は僕の癒しだった。

ほどなく咳き込むことが減った僕は庭に出ることを許された。

レズモンド邸の庭に面する鉄柵近くを散策していると、柵越しに愛らしい声が聞こえてきた。

「あなた、うちの別宅で何をしているの?」

見ると真っ赤な瞳がこちらを見つめていた。

あの女の子だ！

浮き立つ気持ちを抑えながらも、どう答えればいいのか分からずにいる僕に彼女は「あなた、我が家のお客様なのね」と微笑んだ。

その笑顔はとても愛らしく、柔らかく、心の奥をキュンと刺激した。

「わたくしはシャーリン・レズモンドよ。あなたはなんと仰るの？」

「ぼ、僕は……ヒューゴ」

王族は簡単に身分を明かしてはならない。その言葉が僕の頭を過り、僕は咄嗟《とっさ》に学友として過ごすことが増えたヒューゴの名を名乗っていた。

「ヒューゴって言うのね！　ヒューゴはここにいつまでいるの？　良ければわたくしと遊んで下さらない？　わたくし、お友達がいなくて毎日退屈しているの」

瞳を輝かせてそう言うシャーリンに、僕は無言でただ頷いていた。

その後、父やレズモンド公爵からの許可を得て、僕は正々堂々とシャーリンと遊べることになった。正々堂々と言いながら名を偽《いつわ》っていたのだが、それでも毎日が楽しく幸せだった。

シャーリンは好奇心旺盛で、少しばかりお転婆で、心根の優しい素敵な女の子だった。

シャーリンのことが好きだと自覚するのはそう時間を有さず、両親もレズモンド公爵も知ることとなり、僕とシャーリンの婚約の話まで持ち上がったのだが、そんな時に隣国からの婚約の打診が来た。

隣国とは交易の問題があり、婚約を結ぶことでその問題も平和的に解決する可能性が高い。

しかし隣国には少しばかりきな臭い部分もあり、父である王はその打診を曖昧な返事で濁しながら隣国を徹底的に調べさせた。

そんな中、シャーリンが命を狙われるようになった。

シャーリン本人はその件に気付いていなかったが、レズモンド邸には刺客が何人も送られ、別宅で療養中の僕の身も危険だと判断され王城に戻された。

刺客を捕獲し締め上げた結果、シャーリンが狙われた理由は僕だった。

婚約の話まで出ているシャーリンが目障りだと判断した、隣国の第二王女の母である側妃が、「あの娘さえいなければ我が娘との婚約を結ぶだろう」との安易な考えから勝手に暴走していたのだ。

そのことで結果的には我が国優位な状態で僕と第二王女の婚約も流れたのだが、僕は自分の恋の相手がシャーリンだと周囲に知られることを恐れるようになった。

因みに側妃は病気療養という名目で監禁されて毒杯を賜《たまわ》ったと聞かされた。

何も知らなかった第二王女は処刑は免れたようだが、今後はきっと大変だろうと大人達が言っていた。

そんな時、父の弟である叔父が海外から戻って来た。留学に出て十年も戻らなかった叔父は、父曰く「すっかりと人が変わってしまった」と言われるほどに軽薄な男性だった。

女性を口説かないなんて失礼だというのが信条のようで、妙齢の女性には手当り次第声を掛けまくり、流れるように口説く。

相手からの本気の返事はあっさりと流し、誰にも本気にならずただその状況を楽しんでいる。

そんな叔父を好きにはなれなかったのだが、彼を見ていて僕は閃《ひらめ》いたのだ。彼を真似ればいいのではないか？　と。

そうすれば僕がシャーリンに恋をしているなんて誰も思わなくなる。

軽い男だという不名誉は着ることになるが、そんなものはどうでもいい。

シャーリンが安全に過ごせる為ならばなんでもよかった。

今思うと当時の僕は本当に浅はかで思慮に欠けていて……ハッキリ言って馬鹿だったと後々後悔するのだが……。

それから僕は、叔父がいる間は叔父について歩き叔父を観察し、叔父の真似をし始めた。


女の子には優しく。

目につく容姿はとにかく褒める。

言葉は甘くスマートに。

最初は周囲も戸惑っていたが、そのうち「王子はそういう人なのよ」という認識に変わっていった。

そうこうしているうちにヒューゴがニヤニヤしながら僕の前に現れた。

同じ歳なのに妙に大人びた雰囲気を纏うヒューゴは面白いものを見つけたような顔をしていた。

「ヘルドリアスはシャーリンって知ってる？」

突然シャーリンの名を出されて僕は動揺したのだろう。

そんな僕を見てヒューゴはケラケラと笑った。

「父上に連れられてとあるお屋敷に行ったんだよ。そしたらさ、そのお屋敷の女の子が僕の名前を聞いて『あら？　あなたもヒューゴ？』って言うんだ。ヒューゴなんて名前、そう沢山はいないから、なんだろうって思って聞き出してみたらビックリだよ、まさか僕の名前を騙る誰かさんの話が聞けるんだもん」

「そ、それは」

「ヘルドリアスは王族だもんね、本名なんて言えなかったんでしょ？　そんなの分かってるよ。でもさ、僕の名前を使うなら一言あっても良かったんじゃないかな？　違う？」

「ごめん……」

「だからね、僕、その子に言ったんだ。そのヒューゴも僕だよって。そしたらさ、その子、目をまん丸くして『まぁ！　ヒューゴは魔法使いだったのね！』って嬉しそうに笑うから、僕、おかしくって！　それからその子の好きな魔法使いの絵本の話になって」

「ちょ！　ちょっと待ってよ！　なんで『僕だ』なんて言ったんだよ！」

「え？　だってそういう意図だったんでしょ？　自分のことがバレたくないから僕の名前を使ったんでしょ？」

「違うよ！　あの時は咄嗟に君の名を言っただけで、そんなこと考えてもいなかったよ！　それにシャーリンは僕の大切な女の子なんだよ！」

　その言葉を聞いたヒューゴは顔を青くしながらも目を見開いていた。

「て、てっきり君があの子に付き纏われたりしないように僕の名前を使ったんだと思ったから、僕、しっかりとやったよ！　って君に威張れると思ったのに！」

「……君もなんで僕に聞かないんだよ」

「だって聞く時間なんてなかったし……僕の名前を使うなんて本名名乗りたくなかったんだろうなって思ったし……どうしよう、もうあの子、君が僕だって信じちゃってるよ。あの子、なんでも素直に信じるんだよ、キラキラした目で……馬鹿なのかな？　とも思うくらい信じちゃうんだ……」

「……もういいよ。ヒューゴも悪気があった訳じゃないんだし」

「……ごめん」

　こうしてヒューゴは彼女の中で魔法使いとなり、ヒューゴとしての僕は本物のヒューゴへと掏《す》り変わってしまった。

　僕が会いたくても会えない（会いに行くのが怖い）状況下の中、ヒューゴはシャーリンとの交流を続けていた。

　そのことが悔しくて堪らないのに、もしまた僕が近付いてシャーリンに危険が及んだらと思うと動くに動けなかった。

「なぁ？　もうさ、正直に『名前、嘘言ってごめん』って謝りに行ったらいいんじゃないの？

僕も『ヘルドリアスと僕が同じ人だなんて嘘ついてごめん』って謝るからさ」

　最近、シャーリンの眩しすぎる純真さにヒューゴは魔法使いだなんて思わせてしまったことを激しく後悔しているようだ。

「あの子さー、なんであんなに素直なの？　僕の言うことを疑いもせず『まぁ！　凄いのね！』て凄く褒めてくるし。貴族の女の子なんてうちの馬鹿姉しかしらないけどさー、普通の貴族の女の子って皆あんな感じなの？　だったら心配だよー、皆簡単に騙されちゃうんじゃない？」

「他は違うと思う。そんなところもシャーリンの素敵なところだから」

「なんで君が照れるのさ！」

　ヒューゴの前では僕は本来の僕のまま、シャーリンを好きだということも隠さなかった。隠したところですぐにバレた。

「ねぇ？　なんで鳥肌立てながら女の子に声掛けてるの？　馬鹿なの？　何がしたいの？」

　どこに鳥肌が立っていたのか、僕でも気付かなかったことに目敏く気付いたヒューゴ。

　事情を話したら思いっきり馬鹿にされたが、まだ幼い僕達にはこれといった解決法なんて見つけられるはずもなく「やめた方がいいと思うよ」と言うヒューゴに「これしかないんだよ」と僕は言ったような気がする。

　七歳になるとヒューゴは本格的に僕の側近としての教育を受け始めた。

　それまで「ヘルドリアス」と呼んでいたのに急に「ヘルドリアス様」「ヘルドリアス殿下」「殿下」などに変わってしまい寂しかった。

二人きりの時はたまに呼び捨てにしてくるが、すぐに「申し訳ありません」と謝罪してくる。

月日は流れ、叔父の真似をして十年も経つと僕は自然に女性に声を掛け、口説くようになっていた。もう無意識レベルで出来てしまうのだ、恐ろしいことに。

ただヒューゴ曰く「無意識なのでしょうがシャーリン嬢を彷彿とさせる女性には全く声を掛けておられません。シャーリン嬢とは正反対の、世間一般的に愛らしいとされる部類の女性ばかりに声を掛けていらっしゃいます。はぁ……あなたは一体どこまで拗らせれば気が済むのです」だそうだ。

世間一般的に言ってシャーリンは実に愛くるしいと思う。あれほどまでに愛くるしい生物を他に知らない。

大きくて赤い、猫のような瞳にツンとした鼻。いつも潤ったように艶々した形良い唇。

艶やかな黒髪がなぜかいつも太く巻かれているが、どこからどう見ても愛くるしさの塊のような、この世の愛くるしさを凝縮したような、もう天使と言っても過言ではない女の子だ。

「それはあなたの主観であり、一般的に言えばシャーリン嬢はキツく冷たい女性に見られるタイプですよ」

「キツく冷たい?!　どこが?!　世間の男達は目がおかしすぎるのか?!」

ヒューゴの言葉が信じられなかった。

十五歳で僕は王太子として立太子した。

翌年、さすがに十六になった僕に両親は婚約者を宛てがい、それがシャーリンだったと知った時は喜びと興奮のあまり鼻血を吹き出してしまった。

ほどなくシャーリンと僕は、初めてヒューゴではなく僕として顔合わせをすることになったのだが、十年で息をするように染み付いてしまった癖で、その日の雰囲気は最悪な形で終わってしまった。

怒ったシャーリンもまた愛らしくて、ボーッとしているうちに僕の口は勝手に「ヤキモチを妬いてくれたのかい？」といった感じの言葉を吐いていて、シャーリンが帰った後にヒューゴにこっぴどく叱られた。

本当はほんの少しだけ、もしかしたらあの時遊んだのが僕だったのだと気付いてくれるかもという淡い期待があったのだが、全く気付かれないどころか多分嫌われた……。

自業自得とはいえ辛い。辛すぎる。

それからは毎日でもシャーリンに会いたかったのだが、通常の執務や公務に加えて、まだ交付もしていないのに、婚約を聞きつけた者達からの祝報や贈り物への対応も加わり、会いに行けない日々が続いた。

痺れを切らした僕が「シャーリンと会う時間が欲しい！」と零していると、父が気を利かせて視察旅行を提案してくれた。

婚前旅行とは褒められたことではないのだが、誓って僕はシャーリンにおかしな真似はしない……本当はしたいが。

それから旅行までの間、僕は体も心も軽くなり、執務は通常の倍の速度で終わり、その分女性を口説く口も滑らかになり、益々ヒューゴに「本当にやめろ！」と怒鳴られることとなった。

旅行に出発する前にヒューゴに「くれぐれも旅先で女性を口説くことのないように！」と散々念押しされたのだが、町に着くと若い女性が増えていた。

一年前に視察に来た時は、観光地とは言えど元は田舎の避暑地だったその町。

商店等を切り盛りするのは年配夫婦が多く、若い娘は数えるほどしかいなかったのに、だ。

気のせいでなければ何かあるのかもしれないと思い、その真意を探る為に女性と会話をした。

店の商品を勧めつつもしきりに僕を誘ってくる女性達。チラリと店主を見ると店主は申し訳なさそうな顔をして目を逸らした。

何人かの女に自分から声を掛けていると、一度声を掛けた女が時間差で衣装や化粧を変えて別人を装いながら何度も現れることに気が付いた。

僕は女性を口説くが、その実その容姿などを特に見ていない。

だから最初は気付かなかったのだ、同じ人物が何度もアプローチして来ているなんて。

でも一度気付くと、あ、また来た。これで違う女になっているつもりなのか？　と思えるほどに同じ女で、六度目ともなると笑い出しそうになっていた。

他の女性達はきっと、僕が視察に来ると聞いて「気に入られてこい」と送り出された爵位の低い娘達だろう。

僕に婚約者が出来たと聞いた者達が「後に側室や愛妾として迎え入れられるように」とでも考えたのか……迷惑な話だ。

僕はシャーリンと結婚出来るのなら何を言われようと彼女以外を娶《めと》る気はない。たとえ二人の間に子が出来なかったとしても、だ。

それが許されないのであれば僕は継承権を弟に譲り、臣下に下っても構わない。

でもその前にこの染み付いてしまった癖をなんとかしなければならないのだが……頭が痛い。

そうこうしている間に気が付けばシャーリンは先に帰ってしまっていて、僕は泣きそうだったのだが、何度も僕を誘う女の意図を探るべくその誘いに乗った振りをすることにした。

念の為に護衛である影達には隠れてついてきてもらい、安宿の一室へと足を踏み入れた。

身構えていたのだが部屋には誰もおらず、女は震える手で服を脱ぎ始めた。

「やめろ！」

女を制して影を部屋に呼び、拘束した上で尋問すると、「私はマデリア王国の第二王女アシェリー・マデリアです」と名乗った。六歳の頃にシャーリンを殺そうとした女の娘であり、婚約を打診された第二王女だった。

「王女であるあなたがなぜこのようなことを！」

「ごめんなさい……ですが、もうこうするしか……」

あの一件以降、彼女は愚かな側妃の娘として冷遇され続けてきたらしい。

そして僕の婚約を知ったマデリアの有力貴族に「側室として迎え入れてもらえるようその身を捧げてこい」とこの地に送り出されたようだ。

何度も姿を変えていたのは、僕の好みが愛らしい顔の女性としか聞かされておらず、断られる度に化粧や衣装でタイプを変え、是が非でも僕に気に入られようとした結果だった。

愚かな……。

そもそも僕の好みはシャーリンであって、彼女に似た容貌の女性ならば少しはドキッとするかもしれないが、それ以外の女性を愛らしいと感じたことがない。

第二王女をこの地に送り出した貴族の名前を聞き出し、父に今後についての意見を求める文《ふみ》を出し、第二王女を町のホテルに移し、監視と護衛を兼ねて兵士を五人付けた。

そしてやっと別荘に戻り、謝罪すべくシャーリンの部屋を訪ねたのだが、シャーリンの明らかに泣き腫らしたであろう、いつもよりも潤み、目尻を朱に染めた少し腫れぼったい顔を見た瞬間、あまりの愛らしさと、気怠《けだる》げな色気と、潤んだ瞳の美しさと……要はシャーリンの魅力に意識が飛びかけ、その後また自分が何を口走ったのか全く覚えていない状態で、気付けば自分の部屋にいた。

明日こそは挽回してシャーリンに笑ってもらおうと思っていたのに、夜も明けきれないうちに届いた父からの文で僕は第二王女を連れて城へ戻らねばならなくなり、ヒューゴに「くれぐれもシャーリンを頼む」と伝えて、後ろ髪が引かれ後頭部が禿げてしまいそうなほどの心残りだけを残して城へと戻ったのだった。

後からヒューゴに「お前！　大事にしないなら俺がもらうからな！」と久々に幼馴染として怒鳴られた。

そう、ヒューゴもシャーリンのことが好きなのだ。恐らくこんな僕なんかよりも余程シャーリンに似合うだろう。

でもね、こんな僕だってシャーリンのことを想っているんだ、初めて見つけたあの日からずっと。

いずれシャーリンは僕に愛想を尽かして僕を捨てるだろう。せめてその瞬間までは、例え素直に、正直になれなかったとしても、心の中にシャーリンだけを浮かべて、シャーリンの隣にいたいんだ。

友よ、我儘で愚かしくも傲慢な僕を許して欲しい。

◆◆◆

ミューゼという男と出会ったのは学園に入学する前の年だった。

会うなり「あなたは何がしたいんだ？」と冷たい視線を投げられた。

なんのことかと思えば、ミューゼは初見から僕の愚かな癖を偽りの姿だと見抜いていた。

ミューゼは婚約者を一途に愛しており、そんな彼からしたら僕の間違った行動は愚かに見えただろう。

「なぜ好きな女を守る為に他の女を口説くのか理解出来ん！　自分の手でしっかりと守ればいいだろう！」

その時初めてそんな方法も選べたのだなと気付いたが、臆病な僕はただ笑うことしか出来なかった。

ミューゼのようになれたら、僕の現在も未来も違うものになっているのだろうか？

学年が上がり三年に進級すると、シャーリンとはクラスが離れてしまった。

クラスが離れたことに明らかにホッとした顔をしているシャーリンを見て、胸がギュッと詰まるような痛みを覚えた。

あれから僕は第二王女の件で動かなければならなくなったり、更に新たに提案した政策のことで目が回るほどに忙しくなり、彼女と二人きりで会う機会を逃してばかり……いや、こんなのは言い訳だ。明らかに僕を嫌うあの綺麗な瞳を見るのが怖かったのだ。

「はぁ……あなたは本当に馬鹿ですね」

ヒューゴはそんな情けない僕を見て馬鹿だと言った。

そんなことは言われなくても分かっている。

「愛しているなら態度で示せばいい」

ミューゼは当然のようにそう言うが、今更どうやって態度で示せばいいのか分からない。

心にもない言葉で口説くことは出来ても、自分の素直な気持ちを本当に好きな相手にぶつけることはとても難しいと思うのだ。

僕は僕を偽り過ぎてきた。その代償はきっととてつもなく大きい。

最終学年になり半年が過ぎた頃、珍しい編入生がやって来た。

元孤児であり平民だったが心優しい子爵夫妻に迎え入れられた幸運な少女。

子爵夫妻は社交界では有名だ。

長年子が出来ずにいた夫妻は、ある夜会で「子が成せない石女《うまずめ》より我が娘はどうか？」と自分達より爵位の高い男に言われたそうだ。

しかし子爵は「妻ほど素晴らしい女性はおりません。子が出来ないのはきっと素晴らしい妻に対する意地悪な神様からの嫉妬でしょう。そんな些細なことで妻を手放すなど愚か者のすること。私は妻と別れる気は一切ありません」と言い切ったのだという。

この話は人伝《ひとづて》に広がり、後に素晴らしい愛妻物語として小説にもなった。

そのように妻を愛せる男の元へ拾われた少女は、子爵夫妻からは想像もつかない破天荒ぶりを披露してきた。

僕やヒューゴ、マリオンにキリアン、果てはミューゼにまで色目を使うのだ。

この女は正気なのか？

ミューゼには全く取り合って貰えずに早々に諦めたようだが、僕とヒューゴに標的を定めたようで妙に密着してくる。

自分を可愛いと思っているのか、やたらと上目遣いで見上げてきては甘ったるい声で話し掛けてくる。

僕は癖の影響で優しくしていたが、ヒューゴは「なんだ、あいつは！　失礼にもほどがある！平民の女は皆あんななのか？」と嫌悪感を露わにしていた。

「ちなみに、あぁいう子が世間一般的に可愛い、愛くるしいと言われる女の子なのか？」

「容姿に関してはそうでしょうね。でも言動は全く違うと思います。あれは……狂ってる」

あの子の上目遣いにはゾワッとする。そこに甘ったるい声が重なると、全身の毛が逆立ちそうな感覚が走る。

あぁ、僕はこういう子が嫌いなんだな。いや、でもシャーリンが上目遣いをしてきたら……ウグッ！　鼻血が出そうだ！　駄目だ、その顔は反則すぎる！　犯罪だよ、シャーリン！

空想の中のシャーリンがあまりにも可愛すぎて、僕は死ぬほどのダメージを食らった。

叶うものならばそんな顔を現実で僕だけにして欲しいものだ……そんな日は来ないだろうが。

「あなたは本当に、いつまでそんなことをしているのですか?!　愚かにもほどがある！」

ミューゼは相変わらず僕に厳しい。彼は、今や妻となったフェリー夫人以外には誰にでも厳しいのだが、僕には特に厳しい気がする。

「いい加減素直になったらどうなんです？　嫌われたまま終わってしまうなんて、それがあなたの望みなんですか?!」

ヒューゴにも尻を叩かれ、僕はやっと重い腰を上げることにした。

「あの悪い癖は封印してください！」

「愛してると素直に伝えればいい。何も難しいことはない」

二人にそう言われ、シャーリンと二度目のデートをすることになった。

平民がするように場所を決めて待ち合わせをした。待ち合わせ場所には先に彼女が来ていた。

いつもとは違う大人しめのワンピースに身を包み、太いロール状の髪は緩やかなウェーブに変わり……あまりの可憐さに一瞬目眩がした。

　ただ城下町を歩くだけのデート。

　気が向いたら店に立ち寄り、屋台で買い食いしたりするのもいいだろう。プランなんてない。

　だけど、この日だけはありのままの僕を君に見て欲しい。その為の勇気が欲しい。

「はぐれては大変だから……手を」

　差し伸べた手を遠慮がちに繋いできたシャーリン。僕よりも小さく、柔らかくも細い指からシャーリンの温もりが伝わってくる。その手が僕に勇気を与えてくれる気がした。

　歩きながらシャーリンに語りかける。

「シャーリンは覚えているだろうか？　僕と君が初めて会った日のことを」

「……婚約したあの日、ですか？」

「違うよ、僕らはもうずっと前に出会っていたんだ……六歳の時に」

「六歳？　どちらででしょうか？」

「別宅、と言えば分かるかな？」

「別宅？　……え？」

「咄嗟にヒューゴと名乗ってしまったけど……あの時君と庭で本を読んでいたのは僕だよ、シャーリン」

「え？　……でもあれはヒューゴ様で……あら？　違うわ……初めて出会ったのは金髪で紫の目の男の子……え？　あれは、殿下？」

「そう、僕だ。あの頃から僕は……君が……好きだよ」

「へ？　好き？　は？」

「好きだ」

「にょわぁぁぁぁぁ！　にゃ、にゃ、にゃぁ！　な、何を?!　何を仰るのですか?!　揶揄《からか》うのも大概にしてくださいまし！　しかもこんな往来で！」

「揶揄っていないよ、シャーリン。訳あって軽薄な振りをしてきたけど……本当の僕は君に想いを伝えることすら怖くて出来なかった臆病者だ……今だって、分かるかい？　こんなにも震えている」

　シャーリンと繋いだ手はおかしなほどに震えていた。

「……なぜ？　なぜ今になってそんなことを？」

「シャーリン、君は僕を見限ってくれて構わない。僕は訳があると言っても軽薄な態度を取ってきた、もう誰もが認める女にだらしがない男だ。君が僕のような男を嫌っていることは知っている。でもね、もう癖になってしまっていてやめようにもやめられないんだ。そんな男が君のように素晴らしく愛らしい女性に相応しいとはどうしても思えない。でもね、ほんの少しだけでも婚約者として君の隣に立つことが出来たら、もうそれだけで十分に幸せだと思えるんだ。この婚約は僕の身勝手な我儘なんだ。そして君には僕を振る正当な権利がある。君さえ望めばこの婚約は白紙に戻せる。戻せるんだ」

「そ、そんな言い方、ずるいですわ！　それを聞いて、はいそうですか！　と白紙に出来る訳が

ございませんでしょ⁉　なんなのですか、あなたは！　どんな訳があって軽薄さを装っていたのかは存じませんが、であれば最後まで装いなさい！　わたくし、そのような告白をされてあなたを見捨てるほど冷酷な女ではございませんわ！　わたくしの隣に立つことが幸せなのでしたら堂々とお立ちになればよろしいでしょう！　そもそもこの婚約をこちらから白紙に戻せるなんて、どうやったらそのような思考に至るのです⁉」

「だって……」

「だってではございませんわ！　いつものあなたはどこへ行ってしまったのですか⁉　王太子として堂々とされ、民に慕われるあのお姿はまやかしなのですか⁉　軽薄さを堂々と晒して、その軽薄さすらも美しく感じさせる気品はどこへ⁉」

「君の目に僕はそんな風に映っていたんだね……」

「ふ、ふん！　知りませんわ！　そもそもわたくし達は全くお互いを知りません！　婚約者としての正しい関係すら築けておりませんのよ！　わたくしをす、好き、好きだと仰るのなら、他の女など口説かずにわたくしを口説きなさい！　まずはそれからですわ！　わたくしがあなたを好きになれるかは分かりませんが、その努力もせずに逃げるなんて男らしくありませんわ！　そんな方が婚約者だったなんて、情けなくて言葉も出ませんわ！」

「その割に随分と喋っているけど」

「そういう、人の揚げ足を取るのはおやめになって！　言葉の綾ですわ、綾！　本当に女心を分かってらっしゃらないですわね！　あんなに自然に他の女を口説く癖に！」

「その点については後悔している……」

「遅いですわよ！　もっと早くに気付きなさい！」

「……ヒューゴが君のことを好きだって、君は気付いてる？」

「にょわっ！　な、なんですの、それ！　ヒュ、ヒューゴ様が?!　ないない、ありえませんわよ！」

「ヒューゴは君のことが好きだよ」

「……どうしてそれを仰るのです？」

「フェアじゃないと思って……」

「ほんっとうに馬鹿なのですわね！」

それから僕達は、というか僕はシャーリンにずーっとガミガミと言われながら町を歩いた。

道行く人達は、痴話喧嘩か？　と物珍しそうに僕達を見ていたが、僕に文句を言うことに夢中のシャーリンはその視線に全く気付いていなかった。

ねぇ、シャーリン。やっぱり君はとっても素敵な女の子だよ。こんな僕を叱りつけ、嫌いなくせに歩み寄ろうとしてくれるなんて。

君が僕とあり続ける未来を、少しくらい夢見ても許されるかな？

いつか君が誰かを選んだとしても、僕は笑って送り出せるだろうか？

どんな未来がやって来るのかは分からないけど、その未来で君が明るい笑顔で幸せに包まれているといいな……。

第四章

シャーリンはデート翌日の放課後に我が家を訪ねてきた。

「わたくし、殿下に告白されたわ」

二人きりになってすぐにそう言われて、え？　となった。

「訳あって軽薄な振りをし続けた結果、それが癖として身に付いてしまったそうなの。本当の自分は君に想いすら伝えられない臆病者なんだと言われたわ」

「……あれ、フリだったんだ」

「そうらしいわ……おまけに……ヒューゴ様がわたくしのことを好きなのだとも言われてしまったわ」

「あぁ、ヒューゴ様ねー」

「え？　その反応は、知っていたの？」

「まぁ……ミューゼがそんなことを言っていたから」

「だったら教えてよ！　知らなかったから驚きのあまりおかしな声が出てしまったわよ！」

「言えないわよ！」

「……そうよね。はぁ、わたくしどうしたらいいのかしら」

「……モテモテね、シャーリン」

「も、モテモテ?!」

顔を真っ赤にして俯《うつむ》くシャーリンが尊い。

「告白されてなんて返事をしたの？」

「それが……叱りつけてしまったのよ」

「え？」

「だって、男のくせにウジウジしていて、振ってくれていいだとか、婚約を白紙にだとか、君の隣に立てるだけで幸せだとか言うのよ?!　演技で軽薄なふりをして、それが身についてしまったことは百歩譲って仕方ないとして、そんな話をしておいてなぜ振られるのを前提として話すのか、そんな話を聞いたわたくしが殿下を見捨てるようなことが出来るとどうして考えるのか、そもそも婚約を白紙に出来るならとっくにしてるわよ！　とかもう色々と腹が立って」

ヘルドリアスよ、そんなことを言ったのか?!　君は馬鹿なのか?!　そんなことを言われてなぜシャーリンが離れていくと考えるんだ?!　普通逆だろ！　シャーリンは良い子だからそんな話を聞いたら離れられないだろう！　分かってるようで分かってないんだな、シャーリンのこと（何様?）。

「事情があって軽薄なふりをしていたことを白状した上で『これからは好きになってもらえるように努力する』なら分かるわよ！　でもそういうこともなく、そもそも好きなんて言っておきながら『君に好かれるはずがない』みたいな態度っておかしいじゃない⁈」

「……殿下ってヘタレなのね」

「へ、タレ？　え？　オナラ？」

「あ、オナラじゃないわ！　ヘタレって言うのは根性がないとか意気地なしとかそういう人のことを言うのよ」

「あー、そういうことね！　……そうね、ヘタレね。殿下はヘタレだわ！」

「で？　殿下と向き合ってみるの？」

「……そうね。あの人のあんな姿なんてわたくし知らなかったから、あぁ、この人のことを何も知らないのねって思ったの。知らないなら知ってみるのも悪くはないのかと思ったわ。好きになれるかは別だけれど」

「それでも好きになれなかったら？」

「その時はその時ね。そもそも王家に望まれたのだからこちらからお断りするなんて真似、簡単には出来ないことだし、元々結婚するのだと思っていた人ではあるのだし。わたくし、推しはいても恋愛的な意味で好きな方はいないから、心から好きだと想う相手が出来たら白紙に戻してもらうお願いをするかもしれないけれど、そうでない限りは結婚するわ、殿下と」

「シャーリン、カッコイイ！」

「なっ⁈」

「カッコよくて可愛い！」

ボボボ！　と音がしそうな勢いで顔を真っ赤に染め上げるシャーリンは本当に可愛い。この子がモテるのはこういう面も含めてきっとその全てが素直で真っ直ぐで可愛いからなんだろうな。見た目はキツいのに素直で優しく、凛としててカッコよくもあり、その癖どっか抜けていて、恋に憧れるような乙女チックなところもあり、総じて可愛い！　こんな可愛い生物、好きにならずにいられない！

本人は可愛いと言うとすぐに照れちゃうけど、そんなところもポイント高過ぎる。

「殿下って見る目あるのね」

「な、何よ、突然?!」

「だってシャーリンを好きだなんて、見る目がある男だって証拠じゃない！」

「……フェリーだけよ、そんなことを言ってくれるのは」

「そう？　そんなことはないと思うけど？」

「そんなことあるわよ……わたくし、見た目だけで悪女のように思われてしまって、取り巻きのご令嬢達以外は誰も寄ってこなかったわ。少し注意しただけでも怯えられるし、普通に見ているだけで睨んでいるなんて誤解を受けたこともある。この見た目、嫌いなのよ」

「それなら私だって同じよ！　シャーリンも私も似た系統の顔付きじゃない？　だからちょっと厳しい口調をしただけで『怖い』だとか『苛烈な性格をしている』だとか言われてきたわ。でもそういう人達って見た目だけで判断してその人の中身を知ろうとしない馬鹿なのだと思うの。そんな人達に振り回されて生きるなんて馬鹿らしいじゃない？　シャーリンは知れば知るほど素敵な女性なんだもの、自信を持つべきだわ！」

「そう？」

「うん、間違いなく！」

「ありがとう」

そう言って微笑んだシャーリンは本当に可愛くて、あー、天使、と心の中で呟いていた。立派過ぎる縦ロールとゴテゴテギラギラの服さえなければ完璧な天使なのに。

親よ！　使用人達よ！　縦ロールとゴテゴテドレス、早急にやめるべきだと気付いて！　早く！

シャーリンが帰った後にミューゼ様と話をした。

「ついに言ったんだな」

「知ってたの？」

「あぁ。見て直ぐに分かった」

見て直ぐに分かっちゃうんだ……ねぇ？　ミューゼ様ってやっぱりエスパー？　人の思考が読める系のエスパーだよね？

「多分違う」

また読まれたようです、はい。

「好きな相手を守る為に軽薄者のふりをするなんて、俺には出来ない」

「え？　もしかしてシャーリンを守る為だったの？」

「そのようだ」

「……なんでそんな考えに至ったんだろうね」

「子供時代に考えたことだからな。極端な方向に走ってしまったんだろうが……愚かだ」

シャーリンを守る為だったなんて驚きだ！　でも守り方なんて幾らでもあっただろうに……子供過ぎて「これが良い方法だ！」って思い込んじゃったのかな？

「俺ならこんな風に腕の中に囲い込んで守り抜くがな」

後ろからすっぽりと抱き締められて耳元でセクシー過ぎる声で囁かれた。腰が砕けそうです‼

「ミューゼって、結婚してから『愛してる』って沢山言ってくれるようになったよね」

「昔から言っていたが？」

「え？　いつ？　そんな記憶ないけど？」

「……口に出してはいなかったか？」

「出てないと思う」

「そうか、すまん……いつも心の中で思っていた。愛してると。心の中でそう言い続けていたから、口にしているものだと思い込んでしまっていたのかもしれない」

「じゃあ今は？」

「今は愛しさがより強くなって、心で言うだけでは全く足りない。だから自然に口から出ているのだと思う。実際には愛してるなんて言葉では表し難いほどに愛おしいのだがな」

甘い！　甘過ぎます、ミューゼ様‼

私、そのうち砂糖漬けにされちゃうんじゃない？　前世の世界一甘いお菓子グラブジャムンよりも甘くなっちゃうんじゃない?!　でもそんな甘さも大好きです♡

◆　◆　◆

妊娠六ヶ月目に突入した。

この世界でも前世でいう十月十日《とつきとおか》という大体の妊娠期間は同じで、あと四ヶ月後くらいには我が子に会える。

神がかった美しさのミューゼ様との子供ってどんな感じなんだろう？　美しさのあまり生まれてきた瞬間にペカーッて光り輝いてたりしたらどうしよう（そんな訳あるか！）。

もうすっかりクリームを塗り込むマッサージがプロのように上手くなったミューゼ様は、少しずつ大きくなっていくお腹を優しくマッサージしながら「フェリーに似た可愛い子になれ」と呪文のようにお腹に語り掛けている。

妊婦ストレッチも一緒にしたり、バックハグ状態でピッタリくっついていたり。

「そろそろベビーベッドなどを注文しておいた方がいいな」

「え？　まだ早くない？」

「いや、遅いくらいだ！」

実はこの家に住み始めて直ぐに「子供用のベッドを用意しよう！」と言い出したミューゼ様。

私はまだ早い気がして（万が一があったら辛いし）やんわりと拒否していたのだ。

ミューゼ様は私の気持ちが分かっていたからそれ以上何も言わなかったのだが、安定期も過ぎお腹も順調に膨らみ始めた今、妙に燃えている。

クリス様と一緒に城や領地へ行くと、その帰りには必ず私へのお土産の他にベビー服を買い始めた。

今や男の子用、女の子用合わせて五十着を超えるベビー服が衣装部屋に可愛らしく並んでいる。さすがに買い過ぎだ。

服ばかりを買っていたことに気付いたようで、最近では小さな靴下や靴、帽子、スタイなども買い始めている。

で、いよいよ子供部屋（正確にはベビーベッドだが）を用意しようと言い出した。

私としては前世の記憶があるから、子育ては自分の手でしてみたいし、子供が小さいうちは私達と同じ部屋で過ごさせたいと思っているのだが、この世界、生まれてすぐから親子別室が当然の世界だし、当たり前のように乳母が付いて赤ちゃんのお世話をするものなので、中々言い出せないでいる。

商人が持って来たカタログを見ながらミューゼ様が私に意見を求め、色味や素材、形などを決めていく。

「どちらでもいいように色無しがいいかもしれないわね」

「そうだな。では素材は木目を活かしたウォルナットがいいだろう」

　ウォルナットとは胡桃《くるみ》科の木材らしい。高級家具に使われたり楽器に使われたりする木材なのだそうだ。前世にもあったのかもしれないが、私とは無縁の高級木材だったので全く知らなかった。

　こうして二人で選んだベビーベッド。

「で？　フェリーはどこにベビーベッドを置くのがいいと思う？　この辺りか？」

　ミューゼ様の言葉に一瞬ポカンとしてしまった。

「どうして？」

「ん？　フェリーは子供と同じ部屋で過ごしたいのだろ？　だったらこの部屋に置くのは当たり前だ」

「ミューゼ様がエスパー過ぎる！」

「エスパー？　フェリーは時々俺の知らない言葉を言うな」

　笑いながら近付いて来たミューゼ様に唇を塞がれた。

「ミューゼ様と呼んだ罰だ」

　どうやらミューゼ様と呼ぶと罰が来る行為はまだ継続中らしい（たまに忘れてるけど）。

　私としては人前でキスされなければ全く罰ではないのだけど。

「子育ても自分の手でしたいのだろう？」

「いいの？」

「フェリーが望む通りにすればいい。俺も出来うる限り協力する。無理だとなった時は周りに手伝ってもらえばいい」

「ミューゼ、ありがとう！」

　思わず抱きついた私を、ミューゼ様は包むように抱き締め返してくれた。

「私、ミューゼと結婚出来て本当に幸せ」

「フッ……それを言うのはこっちの方だ。俺はきっとフェリーに出会わなければ誰かを愛しいと思う気持ちも知らないままだった。こんなにも愛しいと想える存在が出来るなんて奇跡だと思う。俺と出会ってくれてありがとう、フェリー」


　シャーリンがやって来て、今日は応接室でお茶をすることになった。ティールームは明日セナ様が茶会を開く為に現在準備中であり使えなかったのだ。

「応接室もシックで素敵なのね！　これはセナ様のご趣味かしら？　本当に素敵♡」

　初めて入った応接室にシャーリンは目を輝かせていた。

　華美《かび》なものを好まず、落ち着いていて、でもどこかオシャレな家具が大好きなセナ様のセンスが光る応接室は居心地がいいらしく、来た人が中々帰りたがらなくなるのだと聞いている。

　シャーリンはその後ヘルドリアスと上手くいっているという訳でもなく、超ヘタレなヘルドリアスが中々シャーリンとの距離を縮められるはずもなく、月に二度茶会が設けられたのだが、初めての茶会でヘルドリアスはその場にヒューゴも呼ぶという暴挙に出たらしい。

　ヒューゴも呼ばないとフェアじゃないという理由だったらしいが、呼ばれたヒューゴは「何を考えているんだ！　本当に馬鹿なのか?!」と怒っていたそうだ。

そりゃ怒るよね、ヒューゴ。なぜそこでフェアさを求めるの?!　そもそも告白もしてないヒューゴの気持ちを勝手に伝えるのはフェアなのかい?!　茶会の場に突然呼ばれたヒューゴの気持ちも考えろ！　そしてその状況に置かれるシャーリンの気持ちを第一に考えろ！

ヘルドリアスは悪癖をなんとかしようと頑張っているようだが、学園で見掛ける限りはあまり変わっていない。

正確には声を掛けた後に激しく落ち込む姿を見掛けるようにはなったのだが、もう条件反射で声を掛けているようで、あれを直すのは相当大変だと思う。

その癖シャーリンには挨拶もまともに出来ないのだから真性のヘタレだ。

顔を真っ赤に染めるヘルドリアスを見た時、本当に好きなんだなと思ったのだが、シャーリンの姿が見えるとササッと物陰に隠れながらもその姿を見つめている光景は、ストーカーですか？と言いたくなる姿で、あれが皆が憧れている王太子の真の姿なのだと思うと情けない感じがする。

「殿下には本当に困ったものだわ……あれから毎週のように贈り物が届くようになったのだけど、お礼状を送ると直ぐに返事は来るのに、茶会ではわたくしと目すら合わせないのよ。会話もこちらから振らなければ始まらないし……なんなのかしら、あのヘタレは」

シャーリンの中でもすっかりとヘタレ認定されたヘルドリアス。

「この前だってね、『ヘルドリアス様は休日はどんなことをしてお過ごしなのですか？』ってお聞きしたら『ぼ、僕は……』から一向に話が進まなくて『わたくしとはお話もされたくありませんのね！』ってわざと言ったら『違うんだ！　君を前にすると舞い上がってしまって……』て仰ったきりまた黙《だんま》りよ。もうその場にいる意味がないと思って『本日はありがとうございました』って立ち上がったら泣きそうな顔をなさるのよ?!　仕方がないからまた座ったらニコニコとなさるのにまた黙り。あの方、本当に何がしたいのかしら？」

　ヘルドリアスよ、想像以上のヘタレだな！　好きだと言ったんだからさすがに押しなさいよ！　きっとシャーリンは押しに弱いよ?!　悪癖で口説けるならシャーリンを本気で口説きなさいよ！

「好きになれそう？」

「うーん、まだよく分からないわ。悪癖だと分かったから前ほど嫌悪感はないけれど、さすがにあんなにヘタレだと好意を持つ以前に心配になってしまうわよね。この方大丈夫なのかしら？って」

「大変ね、シャーリン」

「そうね、大変かもしれないわね、想像とは違った方向で」

「で？　ヒューゴ様のことは？」

「そちらも分からないわ。殿下が妙に気を使って、ヒューゴ様と二人きりにしてくださることがあるのだけど、ヒューゴ様はずっと本を読んでいるばかりで会話もしないの。わたくしが殿下の婚約者である限り、あの方はあの態度を崩さないのだと思うわ。だから進展も何もないのよ」

　そりゃそうだよね。どんなに好きだとしても相手は王太子の婚約者。側近であるヒューゴが奪うなんて許される訳がない。

でも多分シャーリンはそういう許されぬ恋的な状況が大好物だと思う、恋愛小説の定番だし。

ヒューゴが本気で口説いたら落ちる予感しかしない。

シャーリンが誰を選ぶのかはシャーリンの気持ち次第なのだから、私はこうやって話を聞いて見守るだけなんだけどね。

◆◆◆

今日は朝から珍しいものを見た。ヘルドリアスがリリンを拒否していたのだ。

いつものように「ヘルドリアス様♡」と熱が籠ってない癖に妙に甘い声を出してヘルドリアスに張り付こうとしたリリン。でもヘルドリアスが「婚約者がいるのでこういうのは困る」と言ったのだ（ビックリ）！

成長したじゃないか、ヘルドリアス（誰目線？）。

しかしそう言われた後にリリンは私を睨んできた。いや、私何もしてないからね?!　なぜ私を睨むのかな？

「あいつ！」

私を睨んでいるのに気付いたミューゼ様が非常に不機嫌になった。

「何もされてないから、ね？」

「何かしてきたら今度こそ完膚なきまでに潰す！」

あ、あの、ミューゼ様？　教科書が握り潰されてとんでもないことになってますが?!　握力どうなってるの?!

ミューゼ様の尋常じゃない冷気を感じたリリンは慌てて目を逸らして教室を出て行った。

そして授業開始ギリギリに戻って来たのだが、拒否られたのにちゃっかりヘルドリアスの隣に座っていた。へこたれないのね、リリン。

休み時間になるとまたヘルドリアスの腕に腕を絡めようとして拒否られていたリリン。そしてまた私を睨み付けてきて、ミューゼ様が今度は万年筆をバッキバキに折ってしまった。

「ミュ、ミューゼ？　手は、大丈夫？」

「大丈夫だ」

「でも、インクで凄いことになってるけど」

「大丈夫だ。拭けば問題ない」

「大丈夫じゃないから！　洗ってきて！」

渋々手を洗いに行ったミューゼ様だが、たかだか手を洗いに行くだけなのにわざわざキリアンに声を掛けて「フェリーを頼む」と私のお守りを任命していった。

「す、すみません」

「構いませんよ」

ニコニコ顔のキリアンは本当に子犬のようだ。好みではないがシャーリンが推す気持ちが少し分かる。

「あの、少しだけ相談があるんです」

「はい、なんでしょう？」

「最近やたらと視線を感じていて……誰かに凄く見られている気がするんです」

「そ、それは……気のせいでは、ないんですか？」

気のせいじゃないのは知っている！　絶対シャーリンだ！　どんだけ見てるんだ、シャーリン！　気持ちは分かるけど。

「気のせいなのかな？　廊下や食堂などで特に感じるんですよね」

「……そう、なんですね」

「もしかして、僕、モテ期なんですかね?!」

「え？」

「人生には凄くモテる時期があると言うじゃないですか?!　もしかして、僕、今がその時なんですかね?!」

「さ、さぁ？　そうかもしれませんね」

「僕にもモテ期が到来したのかー♪　いやー、どうしよう、参ったなぁ」

キリアンがニヤニヤしながら一人で照れている。

最近思うのだが、この世界のキリアンはどうも腹黒要素がなく、ポジティブ思考な気がするのだ。リリンと結ばれなくても家を復興させる目処が立ったからなのか、ゲームとは性格が違うだけなのか分からないけど、明るいし前向きだし、真の子犬キャラなのだ。

エスパーミューゼ様も「キリアンには腹黒さはない」って言ってたから間違いないと思う。

「僕、あの子かな？　って思ってる子がいるんですよ」

「へ、へぇ」

「知りたいですか？　仕方ないなぁ、ここだけの話ですよ？　隣のクラスのレイラ嬢じゃないかと思うんです。へへへ、参ったなぁ」

隣のクラスのレイラ嬢とはシャーリンの取り巻きの一人で、いつもシャーリンの真横ポジを死守している伯爵令嬢だ。フルネームはレイラ・セイラムで、二年ほど前に子爵から陞爵《しょうしゃく》して伯爵となったセイラム家の三女だ。シャーリンと常に一緒で、しかも真横にいるのだから勘違いしたんだろうなぁ。

「レイラ嬢のことは最近まで知らなかったんですけどね」

目をキラキラさせているキリアンには申し訳ないけど、絶対レイラではない！　そしてキリアンよ、これは相談と言うのかい?!

ミューゼ様が戻って来るとキリアンは小さくスキップしながら席へと戻って行った。その後ろ姿にはけも耳と尻尾が見えた気がした。

「何やら楽しそうだったな……妬けるな」

「そういうのじゃないの。キリアン様、今モテ期らしくて、そのお話を聞いていたのよ」

「モテ期？　キリアンはそんなことで浮かれていたのか?!　馬鹿馬鹿しい！」

「男の人ってモテ期が嬉しいものじゃないの？」

「俺はフェリーにだけ好かれていればいい。不特定多数に好かれるモテ期など必要ない」

ミューゼ様の場合年中モテ期だと思う。氷の貴公子と呼ばれていても顔が神がかってるほどに素晴らしく良いんだから。

私は前世・今世通してモテ期なんてあったかな？　全く記憶にないなぁ。

「フェリーは俺に愛されるだけでは足りないのか？」

「ううん！　ミューゼにさえ愛されればそれだけでいい」

「フッ、そうか」

そう、ミューゼ様に出会えて、結婚まで出来ているこの奇跡に感謝こそすれ、不満なんて何もない。

本来なら一生分のモテ運を使ったって叶わないはずだった想いだ。不満なんて抱いたらバチが当たるってもんだし、抱きようがない！

だってこんなに甘々な旦那様、他にいない。今だって教室だというのにとんでもなく甘い笑顔を私にだけ向けているミューゼ様。その笑顔で溶けそうです‼

受けるべき授業が終わり、今日も今日とてお姫様抱っこで階段を下りようとしたミューゼ様。

こちらとしてはそろそろ体重も増えて来ているし、お姫様抱っこで階段の上り下りは危ない気がしてお断りしたいと思っていたので、今日こそは！　と思って言ってみた。

「抱っこされて下りる方が危ない気がするの。だから自分で下りるわよ？」

「心配はいらない。目をつぶっていても上り下り可能だ！」

「え?!」

「ここで見ていろ」

そう言うとしっかりと目を閉じて階段をスタスタと下り、また目を閉じたまま普通にスタスタと上ってきたミューゼ様。

え？　見えてますか？　見えてますよね?!　ってくらいに普通に難なくスタスタと上り下りしちゃった！

ミューゼ様ってエスパーなだけじゃなくて超人でもあったの?!

脳内では前世でたまにテレビで見ていたビックリ超人（お腹の上をトラック通過しちゃったり、焼けたガラスの上を裸足で歩いちゃったりする類の人達）が浮かんで消えた。

「これくらい出来て当然だ」

「いや、普通は出来ないと思うし、私には無理だわ！」

「フェリーはやる必要はない！　頼まれてもやるな！」

うん、絶対頼まれてもしません！　怪我必須だと思うから！

そしてやっぱり今日もお姫様抱っこで階段を下りることになった。

「そろそろ重くなってきてるでしょ？」

「フェリーは元々羽のように軽いから、子の分体重が増えようと全く問題ない」

「羽……」

「フェリーなら三人いても抱いて歩ける」

私が三人もいたら怖いからね⁉

「それとも、俺に抱かれるのは嫌か？」

「だ、抱かれる⁉」

言い方！　言い方がエロい‼

「嫌じゃ、ないです」

「フェリーは可愛過ぎるな。そんな可愛さは俺にだけ見せてくれればいい。他では決して見せないで欲しい」

その可愛さというのがどれなのか全く分かりませんが、ミューゼ様以外に見せる相手なんておりません‼

「フェリーはどんどんと可愛く、そして美しくなっていくからな……心配は尽きん」

「誰も好き好んで人妻であり妊婦の私なんて狙ってこないと思うけど」

「フェリーが他の男のものだったとしたら、俺なら人妻だろうが妊婦だろうが関係なく奪いに行く！　……誰かのものになっているフェリーを想像するだけで嫌だが」

はい！　奪いに来てください！

まぁ、それ以前に私がミューゼ様以外に靡《なび》くことなんてないんだけどね。

◆ ◆ ◆

もうすぐこの学園では『新年祭』が行われる。新年をお祝いするお祭りであると共に、卒業を控えた最終学年者達を祝う&交流を深めるお祭りなのだが、学園祭的なイベントをねじ込みたかった故の制作側によるかなり強引なイベントだと思っている。

だって卒業まであと二ヶ月くらいの時期にそんな行事をやるなんて普通はないから。

準備が始まり、学園内は賑やかになっている。

新年祭といえばゲームでは当然イベントがあった。

ミューゼ様ルートではフェリーによって倉庫に閉じ込められたヒロインを颯爽《さっそう》と助け出すのは当然ミューゼ様。

ルートによって閉じ込められる場所は違ったようだが、助け出すのは絶対にそのルートの攻略対象者で、助け出された後は「また閉じ込められたりしないように」と彼らがヒロインを守りつつ二人で新年祭を楽しむのだ。

ミューゼ様ルートではどこかのクラスがやっていたお化け屋敷に入って、恐怖のあまりミューゼ様に抱きつくヒロインにミューゼ様が初めて（←ここ、非常に大事！）優しい笑みを浮かべてそっと抱き締めるのだが、ヒロイン視点ではそのミューゼ様の顔は見えず、ただスチルとしてその場面が登場する、ご褒美過ぎる展開だった。

ミューゼ様がゲーム開始後初めて微笑むという、感動すら覚えるシーンだった。初めてそのシーンを見た時、感激のあまり本気で泣いたもんだ。

ゲーム板情報によると王太子ルートは急遽参加することになった演劇で、ガチガチに緊張するヒロインの頭を優しく撫でながら落ち着かせ、白雪姫を彷彿とさせるお芝居で王太子は王子役を、ヒロインはヒロイン役を演じ、目覚めのキスシーンで王太子が本当にキスをしてしまう（事故チューらしいが）そうだ。

当然スチルはそのキスシーンであり、王太子推しの方々は「事故チュー来たぁぁぁ！」「最高のシチュをありがとう‼」と大騒ぎしてた。

最終学年である私達のクラスはヘルドリアスの意見が採用されてバザーをすることになった。まだ使えるが自分達には不要な物を各自持ち寄り、商品として格安で売り、売上金は孤児院や療養施設などに寄付される。

バザーだから他のクラスのように用意することはあまりなく、他のクラスがバタバタとしながらも楽しそうなのを横目に見ているだけでいいという、楽なのに非常につまらない感じになっている。

「フェリーは妊婦なのだから準備などに携わる必要はない！」とうるさかったミューゼ様。

もしバザーじゃなく、他のクラスのように喫茶店や土産物屋だったとしても私はその準備には関われなかったと思うけど、最後なんだから皆と一致団結して何かを成し遂げたかったなぁという思いがちょっとあったのだ。

そして私達は今、とっても珍しい光景を目の当たりにしている。

「シャ、シャ、シャ、シャーリンっ！」

「はい？」

「その、あの、あの、その、あの……」

焦れったい！　焦れったすぎる！　早く次言わんかい‼

吃《ども》りまくりのヘルドリアスとそんなヘルドリアスを半ば呆れたような顔をしながら見守っているシャーリンが目の前にいるのだ。

「早く仰ってくださいな。わたくし、それほど暇ではございませんのよ」

「す、すまない！　あの、あのだな、あの、シャーリン」

「はい、なんでしょう？」

「あの、あの……ぼ、僕と、その……し、し、し、し、し、し」

「殿下？　少し落ち着かれたらいかがです？」

「す、すまない……スー、ハー、スー、ハー、スー、ハー……」

何回深呼吸を繰り返すんだよ！

シャーリンの顔が呆れ通り越して無になりつつあるぞ！　気付け‼

「シャ、シャーリン！」

「はい」

「その、僕と、その……新年祭を、一緒に回ってほち、いつっ！」

ヘルドリアスが舌を噛んだのが分かった。

「大丈夫ですか？　思い切り噛んだようですが？」

「ら、らいじょううら（だ、大丈夫だ）」

「大丈夫ではなさそうですけれど……保健室に参りましょうか？」

「いあ、らいじょううら（いや、大丈夫だ）！」

「本当に？」

「ああ。それおりへんりを（それより返事を）！」

「わたくしと、新年祭を回りたいのですか？」

「ああ！」

「……いいですわよ」

「うぉっひゃぁぁぁぁ（よっしゃぁぁぁぁ）！」

口の端から血を垂らしながら雄叫《おたけ》びを上げるヘルドリアス。ただ誘うだけなのにこれほどまでにまどろっこしいとは……。

その姿に引き気味のシャーリンのことなんてまるで見えていない。

「少し落ち着いたらどうなんだ?!」

ミューゼ様が声を掛けたことでやっと私達の存在にも気付いたようで「み、みてらのあ（み、見てたのか）?!」と慌てふためき始めるし。

これがあのサラッと女性を口説くヘルドリアスと同一人物だなんて信じられない。

こんな姿を見ちゃうと逆になんとも思ってないからあんな風に口説けるんだなって分かって、口説かれた人の中にはきっと本気になった人もいるだろうから、そういう人達に同情しちゃう。

いっそのこと「僕は息を吸うように女性を口説きますが本気ではありません！」と書いて首から提げておけばいいのに（かなりみっともないけど）。

「血が垂れているぞ」

そう言われてヘルドリアスは口元を手で拭った。

「まぁ、手が汚れてしまいますわ！」

シャーリンが自分のハンカチを差し出すと、オドオドしながらも受け取ったヘルドリアスだったが、手を拭けばいいのにそのハンカチの匂いを思いっ切り嗅ぐという奇行に走り、挙げ句鼻血を噴いて真っ赤な顔でぶっ倒れた。

「へ、ヘルドリアス様?!　しっかり！　しっかりしてくださいまし！」

「チッ！　面倒な！」

ミューゼ様はヘルドリアスを荷物のように肩に担ぐと「すまないがフェリーを頼む」とシャーリンにお願いし、私に「これを保健室に置いてくるから戻るまで一人になるな」と言って去っていった。

「ごめんね、シャーリン、ミューゼが過保護で」

「あら、それだけ愛されてるってことよね」

二人で話しているとバタバタと足音が聞こえてきた。振り向くとリリンが鬼の形相でこちらに向かって走って来てるのが見えた。

「そこの二人！」

私達の前まで来るとビシッと指を指してこちらを睨み付け「やっぱりあんた達転生者ね！」と大声で言った。

「テンセイシャ？　なんですの、それ？」

「さぁ？　なんなんでしょう？」

シャーリンは話してみた限り絶対に転生者ではない。

私は前と同様にすっとぼけた。

「とぼけないで！　じゃなきゃおかしいじゃない！　ヘルドリアスまで私を拒否するなんて、あんた達がちゃんと悪役令嬢の役割を果たさないからでしょ！」

「悪役、令嬢？　わたくし達が？　……それはわたくしとフェリーの顔のことを言ってらっしゃるのかしら？」

あ、シャーリンが少しキレ気味だ。

「顔もそうだけど、あんた達が攻略対象者の婚約者って時点で確定じゃん！　悪役令嬢って！」

「なぜ婚約者であることで確定するのかしら？　おかしいのではなくて？　わたくしは王家から請われて婚約者となり、フェリーは家同士の思惑が一致したことで婚約し、愛し合って結婚した。婚約した段階ではわたくし達の思惑など一つも入っていないのに、なぜ婚約者となっただけで悪役令嬢だと確定するのかしら？」

「そういう設定なんだから！」

「設定？　その設定とは誰がお決めになったのかしら？」

「ゲームよ！」

「ゲーム？　……あなた、頭がおかしいのではなくて？　現実を見ていらっしゃるのかしら？　ゲームの何がわたくし達と関係があると仰るの？」

「トゥーラバ！　ここ、トゥーラバの世界だから！　だから私がヒロインであんた達は悪役令嬢！　それがこの世界の決まりじゃん！」

「トゥーラバ？　それはなんの名前なのかしら？　そのような国名も地名も存じ上げないし、新しく出た何かしらの商品名？　そんなよく分からないものの世界だと思っている段階であなた、そうとうおかしいですわよ?!　そして、どうしてあなたが世界のヒロインなのかしら？　物語の読み過ぎで思い込みが激しくなっていらっしゃるのかしら？　自分の人生のヒロインは自分自身。ですからあなたがあなたの人生の中でご自分がヒロインだと仰るのは構わないけれど、世界のヒロインはあなたではないはずだわ？　そもそも世界にヒロインなんて存在しているのかも疑問ですわ」

「な、何訳の分かんないこと言ってるのよ?!　とにかく、あんた達は悪役令嬢としての仕事をちゃんとしなさいよ！　じゃなきゃ私、誰とも結ばれないじゃない！」

「どうしてわたくし達が悪役令嬢としての仕事？　をすることであなたは誰かと結ばれると思っていらっしゃるの？　誰かと結ばれたいのならば自分の力で頑張るしかありませんわよ？　おかしな思考な上に他力本願とは情けないですわね。そもそも悪役令嬢の仕事とはなんなのです？　わたくし、一度たりとも悪役令嬢になった覚えはございませんけれど」

「それは、あんた達が転生者だから、だからチート使って」

「そもそもその『テンセイシャ』とはなんですの？　わたくし、そのような言葉を初めて耳にしましたけれど。フェリーはご存知？」

「私も知らないわ」

　リリンとシャーリンが話しているのを見ていただけの私は、急に話を振られて内心ビクッとした。

「わたくし達がテンセイシャだと思っていらっしゃるようだけど、わたくし達、そのテンセイシャというものがなんなのかすら知りませんのよ？」

「そんな……そんなはずは……だってじゃなきゃおかしい……シナリオが変わり過ぎてるし」

「シナリオ？　あなた、世界が誰かが書いた筋書き通りに動いていると思ってらっしゃるの？……良いお医者様、紹介して差し上げましょうか？」

　シャーリンが心底気の毒な子を見る目でリリンを見ている。

　それに気付いたようでリリンは凄く困惑した表情を浮かべている。

「あなた、環境が変わったせいできっと疲れていらっしゃるのだわ。突然貴族になったのだもの、生活から何からまるで違いますものね。わたくし、そういった方面に明るいお医者様を知っているから、一度診てもらうといいわ！　ぜひそうなさい！　ね！」

「違う！　そんなんじゃない！　私は」

「遠慮なさらないで！　こうやって知り合ったのも何かの縁だもの！　そうなれば早い方がいい

わね！　今日、お時間はおありかしら？　あ、金銭面のことはお気になさらないで！　デリケートな問題ですから、養父母様達に知られたくないでしょうし、わたくしでお役に立てるならば喜んで協力致しますわ！」

シャーリンの押しにリリンはタジタジである。

「難しく考えないで一度診てもらいましょう！　ね？」

「……はい」

そして遂にリリンが折れた。

シャーリン凄い！

◆　◆　◆

本日は休日である。そして今、私はシャーリンとアリザと共にお茶を楽しんでいる。平和である。

たまに三人でお茶をしているのだが、休日に集まるのは初めてのことだった。

ミューゼ様はちょっと不貞腐れていたけど、休日にミューゼ様とはほぼ四六時中一緒にいるのだからここは許して欲しい。

「最近シャーリン様はリリン様とご一緒されているのですね」

「そうなの。あの方、急に貴族の世界に入って来られたでしょ？　その環境に心が付いてこれなかったようなの。だからわたくしが協力させていただいているの」

「シャーリン様は優しいのですね」

　リリンを強引に医者に診せたシャーリンは、その後も数日置きにリリンを医者に診せており、最近リリンはすっかりと大人しくなった。

　診療が終わった後にリリンと話をしているそうだ。

「幼少期に両親を失ったことで心の中に別の人格が生まれたのではないかと言われたそうなのよ。お医者様と話していて納得出来る点が沢山あったようで、自分が相当疲れていたのだと気付いたそうよ」

　お医者様は神様ですか?!

「それでね？　リリン様がフェリーとお話したいそうなのよ？　わたくしも一緒にいるし、何も起こらないと思うのだけど、どう？」

「ミューゼに聞いてみないことには」

「そうね、ミューゼ様がお許しにならないかもしれないものね。一度聞いてみて下さらないかしら？」

「後で聞いてみるね」

　私と何を話したいのだろう？

「ところで、アリザはいつになったらわたくしをシャルと呼んでくれるのかしら？」

　あ！　私も呼んでないじゃん！　シャーリンって呼んでるよ、最近！

「愛称で呼ぶのがお嫌ならシャーリンと呼び捨てでも構いませんわ。むしろ呼び捨ての方が親しみを感じますし」

チラッとこちらを見て頬を染めるシャーリン。あー、呼び捨て嬉しかったんだ。ごめんねー、シャル呼び忘れてて。

「突然は、難しいです。シャーリン様は私なんかよりもずっと身分も高い方ですし……」

「わたくし達の間に身分なんてそんなちっぽけなもの関係ございませんわ！　ですが気持ちも分からないでもありません。……いつか呼んでいただけたら、わたくし、嬉しいですわ」

上目遣いのあざと可愛さがとんでもない‼　アリザも頬を染めている。こんな顔をヘルドリアスが見たらまた鼻血噴いて倒れるんだろうなぁ。

「それはそうと、今日はアリザに見てもらいたいものがございますの！　……これですわ！」

シャーリンがテーブルの上に置いたのは紙の束。そこには前世で頻繁に目にしていたアニメイラスト風のものが描かれていた。しかもめっちゃ上手い‼

「こ、これは⁉」

「リリン様がお描きになったものですわ。これ、凄くありません⁉　これをザリアーヌ先生の作品の挿絵にしたら、ザリアーヌ先生の作品がより素晴らしいものになるのではないかと思って、リリン様にお願いして先生の作品の登場人物をイメージして描いてもらいましたの！」

「凄い……これはチャールズですね！」

「そう、チャールズ様ですわ！　この影のある雰囲気なんか素晴らしくありません⁉」

「ええ、素晴らしいです！」

チャールズとは誰でしょう？

アリザの作品は一度しか読んでないから誰のことを言っているのか全く分からない。

ただ二人が興奮していることと、リリンの絵が絵師並に凄いことは分かる。

「これはアシュリーですね！　わぁ、私のイメージよりも可愛い！」

「そう、アシュリー様ですわ！　とっても愛らしいですわよね！　作品の中から抜け出してきたようではございません？」

「ええ、ええ！　これ、鉛筆描きですよね?!　この髪の陰影といい、凄いです！　どうやって描いているのでしょう？　今にも風に揺れそうな柔らかく艶めく髪！　凄いです！　凄すぎます！」

「ですわよね！　本当に、どうやったらこのように描けるのでしょう！　わたくしも真似をして描いてみたのですがこのような絵にはなりませんでしたわ。……あ、こちら、どなたか分かります？」

「これは?!　悪徳商人ディルク！」

「その通りですわ！　悪徳商人とはいえ人気の高いディルク様ですので描いていただきましたの！」

「はぁ……素晴らしいわ！　ディルクをここまで素敵に描いてくださるなんて……実は私、自分が書いた作品の中でディルクが一番気に入っているんです。もう私のイメージ通り過ぎて……感動だわ」

「まぁ！　アリザもディルク様がお気に入りなんですのね！　わたくしもディルク様が大好きなのですわ！　悪徳商人の仮面を被りつつも人知れず民を救うディルク様♡　報われず失意の中で儚《はかな》くその命を散らすあのシーン……震えましたわ！」

「私も！　自分で書いているのにあのシーンでは泣きそうになりました！　これでディルクは死んでしまうのか……って。何度も生かしておく道はないかと考えました。でもディルクはあの場でああなるのが一番自然で」

「分かりますわ！　わたくしも何度読み返しても、ここで散るのがディルク様の運命だったのだという結論しか出ませんでしたわ！」

ディルクと呼ばれている小説の登場人物のイラストは黒髪黒目の線の細い男性キャラで、一枚の紙に何パターンも描かれた顔は冷たそうだったり悪そうな顔が中心なのだが、中に一つだけ照れたような笑顔の物があり、はにかんだその笑顔はキュンとするものがあった。二人とも思い入れが強いようでディルク談義で大盛り上がりだ。

そんな二人を平和だなぁと思いながら見ている私。取り残されてる感は多少あるものの、こういうヲタ的な会話を聞いているのもまた楽しい。

前世の私はミューゼ様推しでありミューゼ様ヲタだった。私のミューゼ様愛をよく聞いてくれていた友達はアニメの主人公を激推ししていて、私は友達の主人公愛をたっぷりと聞いていた。

そっかー、私達あんな感じだったんだなぁ。懐かしいなぁ。名前も思い出せないけど、あの子どうしてるかな？　今でも主人公愛を叫んでるのかな？

「これ、一度担当さんに見せてもいいですか?!　私、次の作品の挿絵をリリン様にお願いしたいです！」

「次の作品と言えばフェリー達夫婦の話ですわよね！　それは素晴らしいですわ！」

「え？　私達をモデルにした小説に使うの？　もったいなくはない？」

「ランベルト様のあのお顔をリリン様なら素晴らしい具合に表現してくれると思います！」

「え？　主人公の顔、ミューゼなの？」

「あ！　い、いえ、あくまで私のイメージの中ではモデルにさせてもらった手前、主人公はランベルト様とフェリー様なだけで」

「ミューゼの顔なら私、小説十冊は欲しい！」

「え?!」

「画集も作ってもらいたい！　ミューゼのあんな顔やそんな顔の画集……」

「あ、あの」

「ほっといていいですわよ。完全に惚気《のろけ》ですもの」

　突然の提案にすっかり前世のヲタぶりを発揮してしまった私。二人の「仕方ないなぁ」みたいな顔を見て恥ずかしくなった。

　でも、でもね、ミューゼ様の画集よ、画集！　美麗イラストの画集なんて想像したら欲しい一択だ。リリンの腕前を考えたら絶対素敵な画集になること間違いなしだもん！　そりゃ欲しくなるよ！

その話をミューゼ様にしたら「俺の顔では物足りないのか？　では見飽きるほど傍にいよう」と言われてしまった。

見飽きることは絶対にございません‼　見飽きない自信しかございません‼

そして、リリンが私と話したいのだということを伝えてみたら「駄目だ！　危険だ！」と許してはくれなかった。

リリンの今までの行動を考えたら当然の返答だと思う。

「どうしても駄目？」

「……暫《しばら》く様子を見て大丈夫そうならば、考えてもいい」

ということで暫くは様子見となりました。

◆◆◆

本日は新年祭でございます。

小雪が降る中で行われる新年祭。

うん、この光景、ゲームで見たよ、うんうん。

「クリスマスイベントで良かったんじゃない⁈」というご最もな意見が多数出ていたゲーム板。

「それね！」と思っていた私。

冬の大イベントといえばクリスマスだった前世。今世のこの世界ではクリスマスはないので少し残念だ。

さて、新年祭である！

季節感は違うがやっぱり雰囲気は学園祭のそれで、屋台（プロ作のもの）が並び、コスプレに近い衣装を着た生徒達が客寄せパンダの様に練り歩き、学園に通う生徒達の親達も見学にやってきていていつも以上に人が溢れている。

「足元に注意しろ！」

雪がチラチラと降っているのでミューゼ様の過保護ぶりがいつもの倍以上になっている。

タイツの上に厚手の靴下を履かされ、ドレスの下には厚手の下着と、どう見ても腹巻にしか見えない毛糸製のウエストウォーマーをしっかりと装着させられ、ふわっふわもっこもこの超暖かコートとミューゼ様とお揃いのマフラーをしっかりと巻き付けられ、手にはコートと同素材の手袋まではめられて、完全防寒仕様。

お陰様で寒さは全くないんだけど、歩くとちょっと暑い。

「少し暑いからマフラー取ってもいい？」

「室内に入るまでは駄目だ」

「じゃあ、手袋だけ、外していい？」

「手が冷えてしまう」

「ミューゼと繋いでるから大丈夫よ」

「仕方がないな……」

ミューゼ様は私の手袋を外すと、私の両手を口元に寄せハーーっと息で温めてくれた。

はぅっ♡　私を殺す気ですか、ミューゼ様?!　今の一撃は即死ダメージを負うほどの衝撃的過ぎるご褒美ですが!!!

それから片手を繋いだまま「こうすれば温かいだろう?」とポケットにIN！　こ、これは！　少女漫画などで見たあれではありませんか‼　嬉し死にます‼　いや、死にませんが。

あまりの甘さにチラつく小雪が砂糖に見えてきた私。本日もミューゼ様は通常運行で激甘です。

取り敢えず教室に行き、午前中の一時間を私とミューゼ様とアリザの三人でバザーの売り子をし（クラス全員で交代制）、その後は自由行動ということでミューゼ様と各教室で行われている展示系の物を見て回った。

シャーリンのクラスは作品の展示会をしており、芸術なのか謎な斬新な物からプロ級の作品まで様々なものが並んでいた。シャーリンの作品は刺繍で描かれた風景画だったのだが、素晴らしすぎる出来栄えでただただ感心した。

演奏会を行うクラスでは、各自の得意楽器を使った演奏が行われており、私達が聞きに行ったタイミングでリクエストタイムに突入した為、ミューゼ様が「野薔薇の君へ」をリクエストして周囲がザワついた。

野薔薇の君へというのは愛しい恋人を野薔薇に例えた愛の曲で、曲調は終始柔らかく穏やかで、後付けで付けられた歌詞はとにかく甘く、究極の愛の曲と呼ばれている。

「フェリーの為に」なんて言って目に眩しすぎるほどに甘く微笑むから、近くにいたご令嬢達からは黄色い悲鳴が上がっていた。

生徒達がデザインをし、きちんとしたその道のプロが仕立てたアクセサリーを、お手頃価格で販売しているクラスでは、互いの目の色に似た石のはまった細いバングルを買い、指輪の交換さながらに人前でバングルの交換を行い、目撃していたご令嬢達から黄色い悲鳴が上がっていた。

「ミューゼは恥ずかしくないの？　皆に見られてて」

「恥ずかしくはない。むしろ見せたい。フェリーは俺のもので、俺はフェリーのものなのだと皆に見せつけたい」

「……そうですか」

こうも堂々と言い切られたら、恥ずかしいから人目のあるところではちょっと控えてなんて言えるはずもなく、その後も訪れたクラスでご令嬢達の黄色い悲鳴が上がるという、なんとも奇妙な現象を起こしながら私達は校内のクラスを回った。

『森の喫茶店』という、メルヘンチックな喫茶店を行うクラスでミューゼ様と窓際の席に座ってのんびりとお茶を飲んでいると、外の屋台にシャーリンとヘルドリアスの姿を見つけた。

「あ、シャーリンと殿下だわ」

「あぁ、そうだな」

「ちゃんとエスコート出来ているのかしら、殿下？」

「ヒューゴ相手に相当シミュレーションしていたから大丈夫なんじゃないか？」

「え？　そうなの？」

「あぁ、ヒューゴは嫌がっていたがな」

「そりゃ嫌だよね」

どんなシミュレーションをしてたのかちょっと気になる。

「さり気なく手を繋ぐところからシミュレーションしていたぞ。最終的には腰を抱くところまでやっていたな」

本日も普通にエスパー炸裂です。

シミュレーションとはいえ、付き合わされるヒューゴの気持ちはいかなるものだったのか……ご愁傷さまです。

そのシミュレーションの成果は今のところ全く出ていないようで、普通に並んで歩いている二人。


屋台を見て回りたいと言ったらしっかりと着込まされた私は、いつもよりも多くの視線を集めながらお姫様抱っこで階段を下り外へ出た。

「まぁ♡」

「あら♡」

「お熱いのね♡」

なんてご婦人方の声までして非常に恥ずかしかったのだが、ミューゼ様はいつもよりも堂々としていた。

屋台が立ち並ぶ通りは校内よりも人が多く、屋台特有の美味しそうな香りがしており、不覚にもお腹が小さく鳴ってしまった。

「なんとも愛くるしい音がしたな」

私のお腹の音までしっかりと拾ったミューゼ様。耳が良すぎるのも考えものである。

「何が食べたい？」

事前に配られたパンフレットで食べたいものの候補は決めていた。

「フルーツサンドチョコワッフルとミートパイとシーフードパスタとエッグタルトと三色ジェラートとビックリサンドイッチ」

「そんなに食べられないだろう?!」

「でも全部食べてみたいの」

「フッ、では二人で分け合って食べるか？」

「そうしてくれる？」

「あぁ」

全てを購入し、ついでにホカホカのクラムチャウダーも買って、校庭に設置された簡易テーブルに広げた。

ミートパイがホールケーキ並に大きいなんて予想外過ぎたが、味は格別だった（少しだけ食べて持ち帰りましたよ)。

ビックリサンドイッチは包みを開けてみるまでどんな具材が入っているのか分からないものだった。

黒い包み紙を開けるとキュウリとチーズ、厚切りベーコンとレタス、マッシュポテトとハム、ローストビーフとスライスオニオンの四種類のサンドイッチが入っていた。

具無しや野菜ばかりを挟んだものもあるそうなので私達のは当たりだ。

「どれが食べたい？」

「全部少しずつ食べたい、かな」

「では先に好きなだけ食べるといい。残りは俺が食べる」

「え？　でも切り分けられないわよ？」

「齧りつけばいい」

「えぇ?!　それは……」

「フェリーが口をつけたものならばむしろご馳走だ」

ということで食べましたよね、サンドイッチ。

私が齧ったところから幸せそうな顔をしてサンドイッチを頬張るミューゼ様。どこか変態チックなその行為さえひたすらにエロい！　色気がヤバい！　もう心の中、滝のような涎《よだれ》と吐血の血と鼻血の大洪水！

「これが私の旦那様ですよぉぉぉ！　信じられます?!」と叫びまくりたい気分だった。

シーフードパスタはイカがなんともコリコリで美味しく、エビはプリップリで、思わず「美味しい！」と呟いていた。

「これはいいな。……シェフを押さえなければな」

そんな言葉が聞こえたような気がしたのだが、食べるのに夢中で聞き流していたら、後日、全く同じ食感の絶品シーフードパスタが我が家の食卓に並び、あれ？　と思ったら、ミューゼ様がフッと笑って「これからは好きな時に食べられるぞ」と言ったことでこの時の言葉を思い出すのだった。

シーフードパスタを食べ終えた段階で私のお腹は限界に近く、フルーツサンドチョコワッフルとエッグタルトは持ち帰ることにした。

クラムチャウダーを飲み干し、三色ジェラートを二人で食べた。

カシスとバニラとチョコの三色のジェラートは甘さ控えめな大人な味で、限界に達していたはずなのにあっさりと入った。甘いものは別腹とはよく言ったものだ。

屋敷の皆への土産を買い校舎へと戻り、休憩室となっている空き教室で二人でまったりと過ごしていた。

お腹がいっぱいになると人は眠くなるもので、私はついウトウトとしてしまった。

「ハッ！　食べてすぐ寝たら牛になる！」

意識を失いかけてハッと覚醒した私は、つい前世で親に言われていた言葉を口にしてしまった。

「ククク……面白いことを言う。フェリーのように可憐な牛ならば何頭でも手厚く飼育するぞ」

「牛にはなりたくありませんよ」

「少し眠るといい。俺が傍にいる」

妊娠してからすぐ眠くなるようになっていた。

寝ちゃダメ！　牛になる！

そう思うのに睡魔が容赦なく襲いかかり、いつの間にか眠ってしまった。

「おやすみ」

ミューゼ様の優しい声が聞こえた気がした。


目が覚めるとミューゼ様にすっぽりと抱きしめられていた。

ここは休憩室。個室にはなっていないので当然他の人も利用する場所である。

「起きたか？」

甘い声が頭上からして、顔を上げるとミューゼ様の美麗ドアップ！

寝起きに見るその顔は何度見ても慣れない。心臓に悪過ぎる！　止まりそうだよ、心臓！　まぁ止まりそうになってもその直後にありえないほどにバックンバックン動くんだけどね。

「ごめんなさい、寝ちゃったね」

「フェリーの寝顔を見ている時間もまた幸せだ」

ふと周囲に目をやると、なんとも居心地悪そうに、こちらを見ないようにしつつもチラチラと見ている人達が数名。

なんかごめんなさい‼

◆◆◆

新年祭の最後は校庭でキャンプファイヤーである。

雪はいつの間にか止んでいて、これならキャンプファイヤーも問題なく出来るだろう。

でもなぜキャンプファイヤーなのか⁉　皆でひたすら火が燃える様子を眺めるだけの、なんとも微妙な催し。

イベント事は何もなく、ある種精神統一的なこのキャンプファイヤーは、学園創立からずっと続いている新年祭のメインイベントなのだが、私的にはいらないと思う。

暖炉《だんろ》の火を眺めていると心が安らいだりするが、このキャンプファイヤーは火柱くらいに炎が上がるので安らぐ以前の話だ。

炎の近くにいると、崩れた木から跳ねた火が飛んできて、服に引火したり火傷をしたりする為ロープで立ち入り禁止ゾーンが示されていて、その外側に椅子が並び、各々《おのおの》好きな場所に座って炎を眺める。

参加するもしないもＯＫなのに大半の人達がキャンプファイヤーを見にくるのはなぜ？

「キャンプファイヤー見に行く？」

「あれを見る意味が分からん」

禿同《はげどう》‼

ということで私達は人が少なくなった校内をのんびりと歩いて回った。

薄暗くなり明かりが灯された校内はいつもとは雰囲気を変え、足音だけが妙に響いて少し怖い。

「ちょっと怖いわ」

「俺がいる」

手を繋いで歩く、それだけで安心するのだから不思議だ。この人ならば絶対に守ってくれると確信があるからなのか、今までしっかり守ってもらって来たから故の信頼感なのか……多分両方だな。

休憩室には私達以外誰もいなくて、ミューゼ様と二人で窓辺に座りながらキャンプファイヤーを見ていた。

でもさすがにずっとキャンプファイヤーを見ていたら飽きてくる。

「本当になぜあの炎をずっと見ていられるんだ？」

ミューゼ様は私と同じ感覚を持っているようだ。ホッ。

キャンプファイヤーが終わるのを待っている間、ミューゼ様が強引にマッサージを始めた。

マッサージは気持ちがいいけど、こんなことをさせてる罪悪感と足を晒している羞恥心がタッグを組んで「これって淑女としてどうなのよ⁈」と良心に訴えかけてくる。

「ミューゼ……もう大丈夫だから」

「遠慮はいらない。こんなにも浮腫んでいるじゃないか」

ミューゼ様はお腹のマッサージ以外もプロ並みの腕になっている。

「これで大分楽になっただろう？」

マッサージしてもらった足は少し張った感じがあったのがなくなり、軽くなっていた。

なぜこの人はこんなにも良くしてくれるのだろうか？　私、こんなにも愛してもらえるようなことをした記憶がないのだけど？

「ミューゼ？　ミューゼはどうして私にこんなに尽くしてくれるの？」

「尽くす？　夫として当然なことをしているだけだが？」

「私、ミューゼにここまで尽くしてもらえる価値なんてある？」

「価値しかない。フェリーは俺の世界を変えてくれた唯一の女性だ。フェリーと出会えたから俺は楽しいと、幸せだと、愛おしいのだという感情を知った。フェリーと出会っていなかったら俺はきっと人として欠落したままで一生を終えたと思う。フェリーがいたから俺は人として生きていられるんだ」

なんだか壮大すぎる話になってませんか?!　私、本当に何かしましたっけ？？

ヒロインが氷の貴公子の心を溶かしたようなこと、何一つした記憶がないんだけど？

ゲーム内でヒロインは氷の貴公子と呼ばれて誰にでも冷たいミューゼ様の心に寄り添い（独り言のような弱音を聞いたり孤独な心に本気でぶつかったり色々と）、その心を優しく溶かしていくことでミューゼ様は徐々に表情を取り戻していき（そこまでが長い！　新年祭で初笑顔という長さよ！）自分がヒロインに惹かれていることにも気付くのだが、私、特別ミューゼ様の心に寄り添ったこともなければ、出会った当初は別としてミューゼ様が表情を現さなかった時なんてほぼ知らないから不思議で仕方がないのだ。

　何がミューゼ様の琴線に触れたのか？

　考えてみても全く心当たりがなさすぎる。

「分からなくてもいいんだ。フェリーが俺の傍にいるだけで俺は幸せでいられる。ありのままのフェリーでこれからも俺の傍にいてくれればそれで……」

　後ろから抱き締められて、甘えるように肩に顔を埋めるミューゼ様。

「ずっと傍にいます。いさせてください」

「あぁ、いつまでも二人一緒だ」

「子供が生まれたら三人で一緒ですね」

「そうだな。でももっともっと増えるかもしれないぞ」

「ミューゼは何人くらい子供が欲しいですか？」

「フェリーが望むなら何人でも」

　首筋にチュッとキスをされ、教室に二人の影が伸びていた。

◆◆◆

新年祭は大成功で終わった。

我がクラスのバザーの収益金は何と二百万ディア（前世金額で大体二千万くらい！　信じられる?!）だったことには驚いた。

不用品（新品未使用品）とはいえ出処は貴族の家。そして買うのも貴族。

並んでいた商品は高級品が多く、それが市場価格の半額（それ以下もあり）程度で買えるのだから売れるよね。

我が家からは二十点を商品として出したのだが、それらは午前中のうちに全て売れたらしい。

ちなみに収益金の半分は我が家の品らしい。怖っ‼

私達が売り子をしていた時も売れてたからねー。目の色を変えて「こちらをくださるかしら?!」と商品を侍従に抱えさせたご婦人がポンッと現金で二十万ディアを払った時は、マジか?!と思ったよね。

セナ様に「うちの趣味じゃないから持ってっちゃって」と渡された品々だったけど、どれも王室御用達店でなければ手に入らない超高級だったから「これ、本当にいいんですか？」と受け取ったクラス委員のドラン君が震えていた。

収益金は学園から一番近い孤児院と治療院、支援学校、修道院へそれぞれ寄付される。

　新年祭の二週間後に卒業試験が行われ、そこをクリアすると後は卒業を待つばかり。

　ミューゼ様作の予想問題はかなり高得点だったから多分大丈夫だと思う。

　卒業する頃には妊娠八ヶ月になっているので、その頃自分の体がどうなっているのか不安は少しあるものの、至って平和である。

　新年祭が終わった翌日、我が家を訪ねてきたシャーリン。

「案外楽しめたわ」

　やはり期待を裏切らないヘルドリアスは、新年祭でもヘタレぶりを披露していたらしく、シャーリンが愚痴を零していた。

「回り始めた当初、わたくしの方も見ずに上ばかり見て歩いてらっしゃるから何度も躓いていたのよ」

「手を繋ぎたそうにしてらしたからこちらから『繋ぎますか？』って言ったら『きょ、今日は手の都合が悪いようだ！』って仰ったのに、その直後に激しく落ち込んでらしたわ。手の都合が悪いってどういうことなの？　と思ったけど黙ってたわよね」

「全くわたくしを見ないから、途中で他の生徒をエスコートしている形になっていることにも気付いてらっしゃらなくて……まさか王太子ともあろう方が半泣きで謝罪してくるなんて思ってもみなかったわ」

　うーん、どこから突っ込んでいいのやら。

　そもそもヒューゴを相手にしたシミュレーションの成果はどこへ？　手を繋ぎたかったくせに

手の都合が悪いって何事？　折角一緒に回るのにシャーリンを見ないってどういうこと？　他の生徒をエスコートしてるのに気付かないってありえる？　半泣きで謝るならしっかり見てなさいよ！

　まぁ、それ以降はぎこちないながらもちゃんとシャーリンを見てエスコートしていたらしく、楽しそうなシャーリンの顔が見れたので許そう（本当に誰目線？）。

「そう言えばビックリサンドイッチは食べたかしら？」

「食べたわ。私達のは多分当たりだったわ」

「わたくし達も買って食べたのだけれど、殿下が買ったサンドイッチがハズレばかりで、おっかしくて」

「え？　ハズレってどんなのだったの？」

「バターとマヨネーズだけが塗られているものと具がなくバターすら塗られていないものでしょ。後はキュウリが一枚だけ申し訳なさそうに挟んであるものとっても辛いソースが塗られているものだったわね」

「大ハズレだわ、それ」

「可哀想だと思ってわたくしのヒレカツのサンドイッチとただの食パンを交換して差し上げたのだけど、突然天にヒレカツサンドを掲げて震えるものだから驚いてしまったわ。そんなにお好きだったのね、ヒレカツサンド」

　うん、違うと思う。ヘルドリアスはシャーリンにもらったサンドイッチを天に掲げて、震えるほどに歓喜していたんだと思う。

「わたくしをエスコートしている間にもあの悪い癖が出てしまって、数名の女子生徒に声を掛けていらっしゃったけれど、声を掛けた後にあんなに落ち込まれると、怒る気にもならなかったわよね」

やはり出てしまったか、悪癖。

「キャンプファイヤーは見たの？」

「見たわよ。ねぇ？　あのキャンプファイヤーってずっと見ている意味はあるのかしら？　ずーっと『わたくし、今何をしているのかしら？』って思っていたわ。フェリー達も見たの？」

「私達は学校内を歩いていたわ。見る気になれなくて」

「わたくしも休憩室に行けば良かったわ！　去年まではクラスの片付けで参加してなかったものだから今年初めて見たのだけど、だからかしら、わたくし、途中で意識を失ったように眠ってしまって、気付いたら殿下が指先だけでわたくしの体を支えていらして」

「指先だけで?!」

「そう、指先だけでよ。どうせなら凭《もた》れさせて下さるとかしてくださっても良かったのに、プルプルと震える指先だけでわたくしの体を支えていらっしゃったの」

「うわー……そこは抱きしめるところよね」

「だっ、抱きしめる?!」

「恋愛小説の定番じゃない？　眠ったヒロインの肩を抱いてあげるとか」

「そ、そう言われればそうだわ」

「駄目ね、殿下」

「……そうかもしれないわね」

　そこで抱きしめとけば何かが変わったかもしれないのにね……残念すぎるよ、ヘルドリアス。

「そう言えばね、わたくし、新年祭でヒューゴ様が女性と歩いていらっしゃるのを見たのよ！」

「え?!　あのヒューゴ様が?!」

「驚くでしょ？　わたくしも驚いたわ！　飴色の艶やかな髪をした少し年上の女性と仲睦《なかむつ》まじげに歩いていらしたの。殿下はヒューゴ様がわたくしを好きだなんて仰ったけれど、きっとあの方が本命だと思うわ。とても親しげだったもの」

　へー、あのヒューゴが女性と。全く想像できないけど、シャーリンが見たと言うのだから本当なのだろう。

　飴色の髪の年上女性かー。ヒューゴは年上好きだったんだねー。ミューゼ様はヒューゴがシャーリンを好きだって言ってたけど、見立ても外れることがあるんだなぁ。やっぱりミューゼ様も普通の人だったんだ（いや、普通の人なのだが）。

　シャーリンが帰った後にミューゼ様にその話をしたら「それはヒューゴの姉だな」と言われた。

「飴色の髪をしていたのだろう？　であれば間違いない。ヒューゴの姉だ。確か三歳年上だったはずだ」

　姉?!　お姉さんがいたの?!　お姉さんだったの?!　なんだかちょっぴり残念。

◆　◆　◆

本日は卒業試験初日。

ヤマを張った場所が必ず出題されると豪語する、もうさすがエスパー（違う）なミューゼ様にしっかりと対策を取ってもらった私は、余裕綽々《しゃくしゃく》で試験に臨み、対策で出たものと酷似していた出題内容に、「あれ？　私、事前に試験問題解いてたんだっけ？」ってほどにサラサラと解けて、終了二十分前には全問解き終わり、二度も見直しする時間プラスボーッとする時間まで確保出来た。

本日三教科、明日三教科の計六教科の試験が行われるのだが、妊娠七ヶ月を過ぎた私のお腹は結構膨らんできていて、普通に座っているだけでも腰に負担がかかり怠くなる為に、特別措置として監視の先生付きで保健室で試験を受けることになり、疲れたらベッドを使用してもいいという、妊婦に優しい方式にて試験を受けさせてもらっている。当然ミューゼ様も一緒。

多分これもミューゼ様が学園に掛け合ったんだと思うんだ。

本来、妊娠や結婚をしたら退学するのが暗黙の了解なこの学園で、必須科目のみの授業を受け、試験に合格出来れば良いという特別待遇を受けている。

前例のないことで学園側は相当困ったはずだけど、私を受け入れてくれたことにとても感謝しているし、働きかけたであろうミューゼ様にも当然感謝である。

まぁ、当のミューゼ様はちゃっかりと授業を受けなくても試験さえ合格すれば卒業出来るなんてチート行為を学園側に許可させちゃってるんだけど。

私よりも早くに試験問題を解き終えたミューゼ様。口だけ動かして「体は大丈夫か？」と聞いてきたので頷いたらホッとしたようにふんわりと微笑まれた。

はぅっ♡　全身の骨がぐにゃぐにゃになりそう（意味が分からない）。

十五分の休憩時間にはミューゼ様が腰のマッサージを施してくれて「辛くなったら無理をするな！」という念押しを耳にタコ状態でされながら初日の試験が終了。

帰りの馬車の中、いつものように膝の上に座らせられて、ミューゼ様が優しく私のお腹を撫でていると、お腹にポコポコと突っ張るような、中から何かに小さく押し上げられるような感覚がした。

「動いた！　動いたぞ！」

「はい！　はい！　動いた！　動いたぁ」

実はまだ胎動を感じたことがなかったのだ。

普通は妊娠五、六ヶ月頃から感じ始めるそうなのだが、我が子がのんびり屋さんなのか私が鈍いのか、全く胎動を感じたことがなくてちょっと心配していた。

ミヤ様には「心音も問題ないし、とっても元気な子だ」と言われていたのだが、この世界にはお腹の中の赤ちゃんの様子を見ることが出来る機械などないから、イマイチ信じられない部分があったのだ。

「あれは、足か？」

「蹴ったのかな？」

「そうかもしれない。とても小さい」

ミューゼ様が触れていた部分をタイミング良く蹴ったようで、手に小さな足っぽい感触が伝わってきたのだそうだ。

「あんなに小さいのだな……愛おしいな」

「この中で確かに生きているんですね」

「あぁ……おっ！　また動いた！　今度はどこだ？　また足か？　それとも手？」

「どこでしょう？　お腹の中で暴れているのかな？」

「早く出たいのかもしれないな。フェリーに会いたいのだろう……だがまだ早過ぎるから、もう少しのんびりと過ごすんだ」

　とても優しく穏やかな声でお腹に語り掛けるミューゼ様の姿が涙が出そうなほどに尊く、切なくて胸が詰まるようでいてほわっと温かくもある不思議な感覚に包まれていた。

　ポコポコ、グリンと様々な動きを見せる小さな命。今まで胎動を感じなかったのが嘘のように激しく動き回っている。

「こんなに動いてて……大丈夫かな？」

「元気な証拠じゃないのか？」

「だって、今まで全然感じなかったのに」

「……ミヤを呼ぶか」

ということでミヤ様が呼ばれ急遽診察を受けた。

「胎動を感じたんだな」

「はい」

「それのどこに問題が？」

「感じたと思ったらそこから凄く動いてて……もしかして苦しいのかな？　と」

「今まで感じていなかった方が不思議なんだ。触診している時も普通に動いているのが分かったのに」

「え?!　そうなんですか？」

「あぁ。元気に動いていた。存外鈍いぞ、君は」

どうやら私が鈍かっただけのようだ。

「お腹が張ったり痛かったりはないな？」

「ないです」

「では何も問題はない」

「良かった……」

「順調そのものだ」

ミヤ様に太鼓判を押されてホッとした。

「これからの時期は早産も起こりやすい。異常を感じたらすぐに私を呼ぶように」

「はい」

「適度な運動も大切だ。散歩などは体調が良ければ積極的にやれ。ただし、お腹が張っている時は控えるように」

「はい、分かりました」

「まぁ、君には君以上に君の体調を知り尽くしているやつが常に傍にいるからな」

それ聞いたミューゼ様は涼しい顔で「当然だ」と言った。

そして今、ズラリと生地が目の前に並んでいて、ニコニコ顔の商人が今にも胡麻を擂りそうな勢いでこちらを見ている。

「あ、あの……これは？」

「俺が呼んだ」

「なんで？」

「子供の肌着の素材をフェリーに選んで欲しくて」

なるほど、それで目の前にあるのは白い生地が多いのか。

ってそこじゃなぁぁぁい！　量よ、量よ！　大量の生地がドッカンと並んでるのっておかしくない?!　ありとあらゆる生地がこれでもかって並ぶ光景の恐ろしさよ！

「ここから、選ぶの？」

「足りなかったか？」

「逆！　多過ぎるでしょう！」

「そうか？」

釈然としないって顔されても‼

取り敢えず選ぶことになりましたよ、生地。

シルクは手触りも通気性もいいけど、少し動いただけで袖や裾が寄って手足が出ちゃいそうだから却下。

綿素材のものが無難かな？　と思ったけど、この世界の綿素材の生地はゴワゴワしていて赤ちゃんの肌に悪そうなので却下。

麻は触った瞬間に、ない！　となった。

もっとこう、ふんわりとしていて丁度良さげなものはないのかな？

大量に触り過ぎて感覚が麻痺しつつあるんだけど。テイスティングし過ぎて味が分かんなくなる感じ？　微妙な違いがよく分かんなくなってる気がする！

生地を触り続けること三十分以上。もうどれでも良くない⁈　と投げやりな気持ちになってきた頃、やっと「ん？　これは⁈」という手触りの布に出会った。

「これ、いいかも」

私が手にした布をミューゼ様も触り「いいな、柔らかいし適度な伸縮性もある。これは通気性や吸湿性はどうなっている？」と商人に問い掛けた。

「おぉ！　目が高い！　そちらはつい最近開発された生地なのですよ！　柔らかく、多少ですが伸縮性もあり、吸湿性も通気性も良く保温性もあります！」

「これの素材は？」

「綿です」

「綿？　綿でこれか?!　こちらの綿とはまるで違うぞ！」

「ですから、新開発された新しい織り方の綿なのです」

「ほぅ」

ミューゼ様の目の色が変わった。

「これはどこで作られたものだ？」

「はい、そちらはヘドリック領にて最近作られたものになります」

「え？　ヘドリック領？　キリアン様のご実家？」

「おや？　奥方様はキリアン様をご存知でしたか？」

「学友だ。同じ学園に通っている」

「それはそれは。そちらの生地は最近そのキリアン様が独自に開発され、我が商会に販路の相談に来られたので、我が商会が独占販売するという契約を結ばせて頂いたものになります」

「そうか、キリアンが……ふむ、この生地で決まりだな」

「ありがとうございます。では早速デザインの方も……」

それからあっという間にデザインも決定し、あらゆるサイズで大量に作られることが決まってしまった。

「そんなに必要⁉」

「多いに越したことはない。汚れたら破棄しなければならないしな」

「洗えば良くない？」

「赤ん坊の肌着はすぐに黄ばんでしまうと聞く。我が子に黄ばんだ肌着を着せていたくはないからな」

　赤ちゃんの成長なんてあっという間だよ？　そこにこんなにお金を掛けていいもの？　すぐに着られなくなっちゃうんだよ⁉

「あって困るものではない」

　ミューゼ様は凄く満足気だった。


　二日目の卒業試験も無事に終わり、ホッと出来るかと思っていたのだが、今、目の前にキリアンがいる。ミューゼ様が我が家に呼んだのだ、あの生地のことで。

「新しい綿の生地を開発したそうだな」

「はい！　既存の綿生地は固くて肌触りが良くないものが多く、どうにか出来ないかと思っていたんです。そんな時にフェリー様が綿花をワタとして使用する画期的な方法を考えて下さり、その時に閃《ひらめ》いたのです！　このワタのように柔らかいまま生地に出来れば素晴らしいものが出来るのではないかと」

「ほう……」

「既存の固く丈夫な糸という概念を覆し、柔らかく切れにくい糸を紡《つむ》ぐ方法を模索し、出来上がった糸を使って生地を織り、その後織り方も変えてみたらとても柔らかく満足いく布が出来上がりました！」

「まずは糸そのものの紡ぎ方を変える、か。今までにない発想だな」

「まだ工場の確保が出来ていない為に、領内で織り機を持っている者に頼んでの生産になっていますが、これが成功したら」

「その工場、俺が建てようじゃないか」

「はい?!　え？　建てる？」

「前々から思っていたが、なぜ自領に生産ラインを作らない？　自領で収穫から生産まで行えれば効率も良く、他領に工場との契約を奪われることにもならないだろう？」

「そ、それはそうなのですが、何分我が家にはお金がなく……」

「当代や先代達はなぜ作らなかったのだ？」

「それは、分かりません」

「では作れ！　金がないのならば俺が出資しよう。なに、タダでくれてやるつもりはない。十年だ！　十年で利益を出せ」

「十年?!」

「このような生地が作れるのだ。お前の発想次第ではもっと良いものが作れるだろう。その為の投資だと考えればいい。もちろん収益が出るようになればこちらも多少見返りをもらおう。悪い話ではないだろう？」

「は、はい！　よろしくお願いします！」

「あ、あの！　それならばぜひ作ってもらいたいものがあるのですけど」

「なんだ？」

「なんですか？」

「その……女性用の、下着を……」

言って恥ずかしくなった。キリアンは「え？」って言って顔を真っ赤にするし、ミューゼ様は「こいつ、何言い出すんだ?!」って顔してるし。

でもね、でも下着って大事なの！　この世界の下着ってシルクの妙にツルツルしたやつか、綿のやたらとゴワゴワしたやつしかなくて、穿き心地が良いとは言えないんだよ。形は限りなくダサいし。

ゆるゆるのゴムしたないからシルクだと少し動いただけでストーンと簡単に落ちちゃうし、綿は布と肌が擦れて痛くなる。

本当はゴム紐から開発して欲しいけど、ゴムは他国からの輸入品ばかりだから口出しできない。

だったらせめて下着の生地を変えることで穿き心地を良くしたい。

前世を思い出す前はなんの不満もなかったけど、思い出した今は不満しかないのだ。

「フェリー、ちょっとこっちへ」

ですよねー。

キリアンを置き去りのまま隣の部屋に連れて行かされて「どういうことだ？」と話を聞かれた。

下着の不満を話すと「だからってキリアンの前で言う必要はないだろう」と呆れられた。

「でも……」

「他の男の前で妻の口から下着なんて言葉が出る俺の気持ちも考えてくれ……キリアンの息の根を止めてやろうかと思ったぞ」

「え？　なんで？」

「キリアンがフェリーの下着姿を想像したかもしれないなんて思ったら許せるはずがないだろう！」

「想像……」

「フェリーは美しく魅力的な女性なんだ、想像しない方がおかしいんじゃないか?!」

いやいやいや！　私妊婦ですよ?!　お腹大きいんですよ?!　お腹ポッテリな妊婦の下着姿なんて想像しないでしょ?!

「フェリーの不満は理解した。俺も下着の不満はある。この話は俺の方からキリアンに伝えておく。キリアンに要望がある場合、今後は俺に言うように！」

「はい」

ということで、キリアンに下着（パンツ）を開発してもらうことが決定しました！

本当はブラジャーも作って欲しいんだけど、そもそもどういう風に作られてたのかも分からないから諦めた。

そのうち「こういうの作れます？」とさり気なく伝えてみようかな？　とは思ってるけど、絵心もないから上手くイラストで伝えられる気もしなくて、ミューゼ様に自分の口で細かく伝えなければならない訳で……え？　羞恥プレイ？

第五章

卒業まで半月を切った。そろそろ八ヶ月に突入するお腹はすっかり膨らんでおり、セナ様に沢山作っていただいたラブリーなマタニティドレスを着て過ごしている。

コルセットのいらないマタニティドレスが楽でしょうがない。出産後もコルセットなしの生活がしたいくらい。

お腹が大きくなった分、腰に負担がかかるし、色々と大変だが、周囲の協力もあって私は元気だ。

学園には多くて週に二度行けばいいだけなので暇なのだが、シャーリンが頻繁に来るので暇過ぎるなんてこともない。

アリザの本の出版が決まり、今私の前にはアリザとリリンが座っている。

あれからすっかり大人しくなったリリンは、私達がモデルの小説の挿絵を担当したそうで、今日はそのお披露目を兼ねて我が家に来たのだ。

ミューゼ様は同席すると言っていたのだが、前日の夕方に王城から報《しら》せが来てクリス様と一緒に登城しなければならなくなり、直前まで「なぜだ！　なぜ俺まで！　父上だけで十分だろう！」とごねていた。

「大丈夫ですから、行ってらっしゃいませ」

「……行きたくない」

「あら、お父様がお仕事に行きたくないそうよ。お父様は困った人ですねぇ」

お腹に向かってそう言うと、ミューゼ様が眉間に深い皺を寄せた。

「……それは狡いぞ」

最近気付いたのだが、ミューゼ様はお腹の子に語りかけると途端に聞き分けが良くなる。困ったように眉尻を下げたり、眉間に皺を寄せ、それ以上ごねなくなるのだ。

その顔がもー、可愛すぎる‼　最大級の萌え‼　萌え死んでも後悔なし‼

ということでミューゼ様なしでのリリンとの対面である。怖くないと言えば嘘になるけど、最近のリリンは毒気が抜けている気がするので大丈夫だと思う、多分。

ミューゼ様が配置した警備も万全だし、何かあってもすぐにリリンの身柄なんて確保されちゃうし。

「これがもうすぐ販売される小説です」

小説は藍色の表紙で、そこにはミューゼ様を彷彿とさせる冷たい瞳の男性が美麗イラストで描かれていた。

「こ、これは‼」

「あ、お気に障りましたか⁈」

「素晴らしいわ！　素敵！　凄い！　ミューゼみたい！」

前のめりな私の様子に二人がポカーンとしているのが分かった。

「……ごめんなさい、あまりにも素敵で」

「ふふふ、フェリー様は本当にミューゼ様のことがお好きなんですね」

アリザが微笑ましいものを見る目でこちらを見ていた。

「刷り上がった第一号はフェリー様にと思いまして」

なんと嬉しいことを！　初版本の第一号品ですよ！　数量限定版ならシリアルナンバー一の超貴重品じゃありませんか！　ヲタ心を刺激しまくりの逸品！　あざーす！　ヲタ心が爆発しちゃいますよ！

「この絵はリリン様がお描きになったのですよね？　素晴らしいですわ！」

「は、はい！」

「私も描いてみたんですけど、このようには描けなくて……どうやってお描きになっていらっしゃるの？」

「そ、それは、あの……鉛筆で」

「色付けもリリン様が？」

「はっ、はい！　私が全て色付けまで行いましたっ！」

ガッチガチに緊張しているのだろう、話し方が非常に固い。

「リリン様、楽になさってください」

「……はい……あの……」

何かを言いたげにこちらを見たもののすぐに俯いてしまったリリン。これは待ってあげるのが正解？

前世はコミュ力が低かったし、今世でもあんまり友達いないしこういうのよく分からない！

画集を作ってもらう為にも、ぜひとも仲良くなりたい！　そして作って欲しい、ミューゼ様画集！　想像しただけで涎が出そうだ。

「あの！　フェリー様！　今まで申し訳ありませんでした！」

突然立ち上がったリリンが私に頭を下げた。

「頭を上げてください？」

「今まで失礼なことばかりして、本当に申し訳ありませんでした！」

「謝罪を受け入れますから、頭を上げてください」

あ、まともになってそう♪

顔を上げたリリンは薄らと涙目で、いかにもヒロインな顔をしていた。この子、顔は本当に可愛いんだよね。

「アリザ、申し訳ないのだけどリリン様と二人にしてもらえる？」

「……はい」

二人きりになった部屋で震える兎のようなリリンと向かい合った。

先に口を開いたのはリリンだった。

「シャーリン様にお医者様を紹介してもらって診療を受けました。今も受けてるんですけど……あの、突拍子もないことを言っていると驚かれるかもしれませんが、私、前世と言われる、この世界に生まれる前の、別人として生きていた記憶があるんです。それを思い出してからは前世の性格に引っ張られてしまって……この世界が前世のゲームというか、物語にそっくりで、登場人物まで同じで、だから自分がヒロインなんだと思い込んでしまって……」

「そうなんですね」

「なぜかこの世界が自分の為の世界だと思い込んでしまって……よく考えたら皆さん性格が違っていたのに、自分の都合のいいように捉えて……」

「まぁ……」

「だからフェリー様にも大変失礼なことばかりしてしまって……本当にごめんなさい！」

「もう謝罪はいいですから……で？　前世ではリリン様はどんな方でしたの？」

「普通の学生でした。女子高生と呼ばれる学生で、この世界にそっくりな物語にハマっていて、その中でも、あの、ミューゼ様が好きで、自分で絵を描いたりしていて」

「だからこんなにお上手なんですね」

「別の世界に生まれ変わることを前世では『転生』と呼んでいて、私も大好きな物語の世界に転生したんだと嬉しかったんです……でも実際に会ったミューゼ様は確かにカッコよくて素敵だったけどそれ以上に怖くて……そしてなぜか悪役令嬢であるはずのフェリー様が妊娠していて奥さんにまでなってて……」

ミューゼ様は確かに怖い。私も婚約者や妻という立場じゃなかったら怖くて近寄れなかったかもしれない。それくらいに発せられる冷気がヤバいのだ、私以外には。

「だったら王太子や宰相、あ、ヒューゴ様、前世の物語の中では後に宰相になるんです！　……で、そのお二人を狙おうと思ったんですがそれも上手くいかなくて……そのうちキリアンにも避けられるし、マリオン様は警戒すごくて近付けないし……上手くいく訳ないですよね、そもそも似ているだけで別人なんですから」

　登場人物達の性格はゲームの通りではないこの世界。

　ヘルドリアスはイタリア人並に女性を口説く癖があり、本命にはヘタレだし、ミューゼ様は私を溺愛（キャッ♡　自分で言っちゃったよ）、ヒューゴはシャーリンに恋していて、キリアンは腹黒さなし。

　マリオンのことはよく分からないけど、リリンに全く靡かないことを考えればやっぱりゲームとは違う性格をしていると考えていいだろう。

　ちなみにマリオンには婚約者がいて、そのチェチリーナ（ヘルドリアスの妹）はまだ十歳だった！　八歳差だよ、八歳差！

　一瞬ロリ疑惑が浮かんだけど、チェチリーナからの熱烈な申し込みだったらしい。

　剣の稽古をしているマリオンの姿に一目惚れをしたチェチリーナが「どうしてもマリオン様と結婚したい！」と言い出し、取り敢えず婚約が結ばれたそうだ。

　マリオンは、チェチリーナに本当に心を寄せる相手が出来たら解消される婚約だと思っているそうだが、チェチリーナは相当本気なようで、「早く大人の魅力をつけてマリオン様を絶対に落としてみせますわ！」と言っているのだとか。

「この世界が物語の世界とは違うんだって分かったら、自分がしてきたことが恥ずかしくなって……そして申し訳なくなって……思い返したら私の方が悪役令嬢みたいだったし……お医者様と色んなことを話をしていたら、前世の自分と今の自分が混ざり合っていくような不思議な感覚がしてきて……何言ってるのか分からないですよね、ごめんなさい」

　前世と今世の性格が上手く融合したのかな？　今のリリンならば好感持てると思う。前世の性格はちょっとあれだったけども。

「お医者様は、私が早くに両親を亡くしたショックで別人格が生まれたって解釈したみたいですけど、それはやっぱり違うと思うんです。でもその上でお医者様と話していたら、私、この世界の人達を物語の登場人物としてしか見てなかったって分かってきて。義理のお父さんお母さんのこともどこかで、自分をサポートしてくれるお助けキャラみたいに思っていたし、殿下達のこともちゃんとした人間として見てなかったんだって……現実なんだって、この世界で私はリリンとして生きてるんだって、他の人達もちゃんと生きてるんだって分かってきて……」

　そっか、ちゃんと理解したんだね。

「それに、悪役令嬢だと思っていたシャーリン様がとっても優しい人だって分かって、私、何も見てなかったんだなって気付いて……」

　そっか、色々と自分で気付いたんだ、成長したんだね。

リリンの懺悔を聞いて、私も転生者なの、と言っちゃおうかな？　と思ったものの、性格が融合して大人しくなったとはいえ、あのリリンもきっとまたリリンの一部なんだろうなぁと思って言わなかった。

多分前世では同担拒否派だろう子だから、変に豹変されても困る。

特に今は妊娠中だ。慎重を期して然《しか》るべきだと思うの。表面上大人しく、反省してるとしても、何かがきっかけでまたあのリリンになっちゃうかもしれないし、そうならない保証なんてどこにもないのだから。

それに、私、あのリリンが言ってたみたいな転生チートなんてしてないのに、そう思われるのも嫌だった。展開を知ってたから、ミューゼ様をヒロインが来る前に落とした、みたいに思われるのはどうしても嫌だった。

今のミューゼ様はゲームのシナリオとは別のところで私を選んでくれたのだと信じてるし信じたい。たとえリリンにでもそれを疑われるのは嫌だ。全部私の我儘。でもそれくらい許されるよね？

「私を受け入れてくれた今の両親、とっても良い人達なんです。何も分からなかった私にちゃんと寄り添ってくれて、出来たら出来ただけ褒めてくれて、いけないところはちゃんと叱ってくれて、私がおかしくなったのは自分達が無理に貴族にしてしまったからではないかと、私の見てないところで泣いていて……それにも気付いていたのに見て見ぬふりしてた。私、これ以上両親を悲しませたくないなって思って……本当の両親のことなんてぼんやりとしか覚えてないけど、私の両親もこんな感じの温かい人達だったのかな？　って思ったり」

本当に子爵夫妻良い人達なんだね。

貴族なんて親は親、子は子みたいな家庭が多くて、親は忙しくて当然！　子は使用人達に育てられて育つ！　みたいな、家族関係の薄い家が多いけど、リリンの今のご両親は違うのだと話を聞いているだけで分かる。

「素敵なご両親なのね」

「はい！　私にはもったいないほどに」

リリンの顔は来た時とは違ってスッキリして見えた。

「リリン様？　リリン様はヒロインとして殿下達のどなたかと結ばれたいと考えていたと仰いましたが、それはその方を好きだったからですか？」

「……ミューゼ様のことは、その、前世で推していたので、落としたいと思ってたんですけど、あ、ごめんなさい、嫌ですよね、こんなこと言われるの」

「いえ、お気になさらずに」

「……あの、好きかと聞かれると、会って話してみた結果、怖い、ヤバいとしか思わなかったのが正直な気持ちで……ミューゼ様は見てるだけでいいかな？　って……殿下達のことは、その、ハッキリ言って好みではなくて……でも自分がヒロインだって思っていた時は結ばれるのが当然だと思ってて……だけどよく考えたら、起こるはずのイベントは教科書の件以外起きないし、話していれば上がるはずの好感度も上がってるようには見えなくて、何かおかしいと思ってはいたんですけど、それは全部フェリー様が本来の役割を果たさないからだって思い込んじゃって……」

「イベント、起きなかったの？」

言ってからヤバいと思った。

「そうなんです！　起きなかったんです！　出会いイベントも仲良くなるきっかけのイベントも何も！　その時点で気付くべきだったのに」

さっきの発言でヤバいと思ったけど、リリンは全く気付いてなかったみたいだからホッとした。転生者ではないと思わせている手前「なんでそこに驚くの？」と突っ込まれたら非常に困ったと思う。

でも、イベントが起きなかったのか……ちょっとビックリだ。

編入して来た初日、ミューゼ様ルートでは出会いイベントが発生していた。他の攻略対象者達にもそれぞれ出会いイベントはあったはず。

ミューゼ様ルートでは先生に「そこに座るように」と指定された席がミューゼ様の隣の席で、冷たい雰囲気のミューゼ様に臆することなく「よろしくお願いします」と朗らかに笑うヒロインにミューゼ様がほんの少しだけ興味を持つのだ。

まぁ、ミューゼ様はリリンが転入してから一週間経ってから登校再開したから、そのイベントは起きるはずがないが、他の攻略対象者達とは出会いイベントを起こしてるんだと思ってたのに、起きてすらいなかったんだ。

「リリン様は今、お好きな人はいらっしゃらないの？」

「好きな人ですか？　……あの、いる、というか、その」

あ、顔が真っ赤になった！　リリンが好きな人って誰？　気になる‼

「どなた？」

「出版社の、担当の人、です」

「まぁ！」

攻略対象者以外だった！　出版社の担当者って全くノーマーク（そもそもマークすらしてないけど）！

「どんな方なの？」

「二十四歳の人なんですけど……いつもは無《ぶ》精《しょう》髭《ひげ》を生やしてて汚い感じなんです。でも時々髭を剃《そ》ってパリッとした服を着てて、そのギャップが萌えるっていうか……あ、萌えるとか言っても分かんないですよね⁈」

いや、分かりますよ、ギャップ萌え！　言えないけども。

「顔も、目に優しいっていうか、その、何か見ててホッとするタイプで」

攻略対象者達って無駄にキラキラしてて、見慣れない限り目に限りなく優しくないもんねー。私なんて未だに毎朝悶えまくりだし。慣れる気がしないってもんよ！

「その方とは思いを通じ合わせてらっしゃるの？」

「通じ⁈　まさか！　とんでもない！　私、六歳も年下ですし、そんな対象には見られてないっていうか、好きかもって気付いたばっかりでそれどころじゃないっていうか」

真っ赤な顔で慌てふためくリリンがもう可愛すぎる！　正しいヒロインの図、ここにあり！

って感じ。

「でも、これから頑張ろうと思ってます！　シャーリン様に他力本願って言われたの、あれ、結構グサッときて、自分でなんの努力もしてなかったんだなって思って。だから、どうなるかは分かりませんが、頑張ってみようと思ってます！」

　この後アリザを呼び戻し、三人でお茶をした。

　私が「ミューゼ様の画集を作って下さらないかしら？」と言ったらリリンが「え？　フェリー様もそっち系の人？」と少し驚いた後になぜかお腹を抱えて笑い出した。

「自分の旦那さんを推すってどれだけ好きなんですか?!　ヤダー、もうウケる！」

　何が琴線に触れたのか、しばらくヒーヒー言いながら笑いまくっていた。解《げ》せぬ。

「画集かー、画集。それ、売れそうですね！」

　アリザは何か思いついたらしい。

「前にシャーリン様に見せてもらったあの絵！　あぁいうのを小説の登場人物の絵として一冊の本にして画集として売り出したら凄くないですか？」

「あぁ、設定集！」

　うんうん！　設定集ねー、買ったわー、前世で。

「設定集？　それはどういう物なの？」

「はい！　登場人物達のイラストと共に、基本的な性格や生まれ育った背景、作者が考えていた裏設定などを紹介する本です！　イラストも表情だったりポーズだったりが沢山載っていて、その本だけで読めるオリジナルエピソードなんかも載ってたりして、ファンには垂涎もののの一冊です！」

「へぇ、面白そう！　それ、今度ハーキンスさんに話してみようよ！　ハーキンスさん、そういうの絶対面白そうだって聞いてくれるよ！」

「ハ、ハーキンスさんに？」

　見る間に真っ赤に染まっていくリリンの顔。そっか、リリンの気になる人はハーキンスさんって言うのかー、なるほど。

「アリザ？　そのハーキンスさんってどんな方なの？」

「ちょっ！　フェリー様！」

「ハーキンスさんですか？　ハーキンスさんは今回の小説の挿絵の担当をしてくれた人で、普段は画廊のパンフレットなんかを担当してる人ですね。リリン様の絵を私の担当者に見せていたら『へぇ、いいね、凄くいい』と妙に食いついて来て、気が付いたら挿絵の担当者になってました。為人《ひととなり》についてはよく知らないんですけど、うちの担当者さんが言うには変わり者らしいです。まぁ、そう言う担当者さんも相当な変わり者なんですけどね」

　今、アリザの隣でリリンの耳がダンボ化してる幻影が見える‼　気になるよねー、好きな人の情報って。いやー、なんか微笑ましいわ♡

「設定集も良いけどミューゼ様の画集は⁈」

「それは個人でリリン様にご相談ください」

「簡単にで良ければ……あ、実際に描いてみましょうか？」

「え？　ここで？　描いてくれるの？」

ということで描いてもらいました、ミューゼ様のイラスト！

目から描き始めた時は、そこからいくの?!　と驚いたけど、本人は「え？　普通じゃないですか？」とキョトンとしていた。

画力のない私は輪郭からいく。目からなんて描いたことがない。輪郭から描かないと怖くない?!　……これが画力無し人間の現状。

そして出来上がったミューゼ様のイラスト♡

「ほぁぁぁ♡　ミューゼ様だ！　ミューゼ様よ！　どうしよう、ミューゼ様だわ！」

もう完璧にミューゼ様‼

「お、落ち着いてください、フェリー様！　お腹に障りますから」

「え？　こんなんでそんなに喜ぶ？」

「だってこれが落ち着いていられる?!　無理！　だってミューゼ様よ！　カッコイイ！　カッコよすぎる！」

「フェリー様ってこんな人だったの？　思ってた以上だ」

「……そうね、ミューゼ様に関してはこんな感じの人ね」

「ミューゼヲタ……あー、私も前はこんな感じだったのか……何か恥ずっ」

「え？　何か言った？」

「「いいえ！　何も！」」

　私が大興奮している中、こんな会話がアリザとリリンの間で行われていたことには全く気付かなかった。

◆◆◆

　二人が帰ってから、自室で一人、ミューゼ様のイラストを見て悶えている私。彼はお城に行ったきり帰って来ない。

「はぁぁ♡　ミューゼ様だ♡」

　リリンが描いてくれたのは、ゲームではすっかりお馴染みだった冷たい表情。笑顔は良いけど、私はこの冷たい表情に一目惚れしたのだ。

　冷たいのになんとなく寂しそうな、でも本質は優しそうな、それを隠しているような、だけど底抜けに怖くもあるそんな表情にキュンとしたのだ。その一目惚れしたミューゼ様が今イラストとして手の中にある現実！

「尊い♡」

　前世の友達に「あんたってほんとミューゼ馬鹿だよね」って言われてたけど、自分でもそう思う。

　だってミューゼ様がカッコよすぎる！　このカッコよさは罪だ！

「なんて罪な男なのぉぉぉ♡　ミューゼ様最高！」

イラストのミューゼ様は、ゲーム内でチラッとだけ出てきた休日の私服仕様。

着崩した服はボタンが三つほど開いていて、首筋から鎖骨のラインが実にけしからん感じで描かれている。

雑にパパッと描いたそうなのだが、それが逆に良い！　線の擦れた感じがいい具合に色気や陰影になっている。

「あぁ♡　この首から肩のラインとかほんと良い♡　イラストになってもカッコよすぎるってなんなの?!　これが私の旦那様ぁぁぁぁ♡　あぁ、好き！　好き過ぎる！　もうどうしよう！　好きだぁぁぁぁ♡」

「そういうことは本人に言うべきではないか？」

突然背後からミューゼ様の声がした。

「ひぇっ！」

「なぜ驚く？　ただいま、俺の奥様」

「き、聞いてた、の？」

「何をだ？　あぁ、これが私の旦那様ぁぁぁぁ♡　ってやつか？」

「わ、忘れてぇ！」

「忘れる訳がないだろう、あんな熱烈な愛の告白を……それより、その紙は？」

「え？　これ？」

スっと取り上げられてしまったイラストを見た彼は、なぜか眉間にクッキリと深い皺を寄せた。

「これは、俺か？　フェリーはこれを見て愛の告白をしていたのか？」

「それ、凄いでしょ？　ミューゼそっくりだよね?!」

「確かに似ているが、気に入らんな」

「え？　どこが？」

「絵とはいえ俺以外のものに愛を告げるなんて、それがたとえ俺の絵だとしても嫌だ」

「ん？　え？」

「こんなものを見ずに俺を見ていればいい。俺だけを見ていろ」

そう言うと、ヒョイとお姫様抱っこされてソファーに座ったミューゼ様。当然私はミューゼ様の膝の上で横抱きにされている。

「あ、あの、ミューゼ？　イラスト、返して？」

「これは没収だ」

「なんで?!」

「絵ではなく実物の俺を見ていればいい。俺に愛を囁けばいい。さぁ、さっきのように」

え？　どういうこと？

「この絵には愛を叫べるのに、実物の俺には愛を告げられないのか？」

これって……ヤキモチ？

「実物の俺がいるのに、こんなものは必要ないだろう」

「それとこれとは別じゃない？」

「フェリーは俺では満足出来ないと言うのか？」

ヤキモチですね、はい……。え？　イラストの自分にさえ嫉妬するの？　しちゃうの？

「……ヤキモチ？」

「……悪いか？」

ほんのりと頬が赤く染ったミューゼ様が、脳飛び散るほどに尊い（ホラーだから、その言い方）。

「たとえ俺の絵だとしても、俺以外がフェリーの目に入るのは嫌だ。許せない」

「でも……」

「俺は案外狭量なんだ。絵だろうと何だろうとフェリーの関心を引くのが俺以外なのは嫌だ」

そう言いながらじっと私の顔を覗き込んでくるミューゼ様は大きな子犬のようだ。

「と、尊い♡」

「尊いのはフェリーだ」

そう言って世界中の甘いもの全部を閉じ込めたような微笑みを浮かべると、頬にチュッとキスをしてきた。

「フェリーは自分を分かっていない。フェリーが俺をどれほど乱し、焦がす存在なのか、もっと自覚すべきだ」

唇が重なり、濃厚なキスが私を溶かす。

「その顔が俺をどうしようもなく煽る」

また唇が重なり、思考を甘く蕩けさせる。

「俺がこんなに焦がれ、煽られるのはフェリーだけだ。フェリーだからこれほどまで俺は心を掴まれ、乱される」

キュッと私を抱き締めると、ミューゼ様がフッと息を吐いた。

「俺のものにしたはずなのに、それでも不安で、もっともっとその全てを欲しくなる。俺の中だけに閉じ込めていたくなる。もう何があっても手放したくない」

「……ずっと手放さないでね」

「手放すはずがない。そんな顔をするな……抱きたくなるから」

「抱き⁉　えっ⁉」

「そんなに驚くことか？　好きな女を抱きたいと思うのは自然なことだ。許されるならば一日中抱いて、抱き潰してしまいたいとすら思う。大切な子の為に必死で我慢してるがな」

「我慢……」

「していないとでも思ったか？　……出産後は、覚悟しとくのだな」

少し意地悪そうに笑うミューゼ様の顔は、多大なる色気を孕んでいて、そのまま気を失うかと思った。

◆
◆
◆

いよいよ卒業式だ。

この日の為にミューゼ様が仕立てたマタニティ仕様のゆるゆるドレスを身に纏い（当然ミューゼ様に着付けられ、メイクも髪もやってもらった）二人で学園へと向かった。

今日はミューゼ様もバッチリ正装で、髪もピシッと撫で付けていて、目に実に優しくない仕上がりとなっている。でも見る！　目に焼き付ける！

ずっと見ていると二度と目覚めない夢の世界へと羽ばたいてしまいそうなほどに素敵なミューゼ様を堪能しつつ、自分のドレスにも目をやる。

彼が生地からデザインまで監修した今回のドレスは、「独占欲丸出しね」とセナ様が笑うほどに、Ｔｈｅミューゼ色である。

ミューゼ様の髪色によく似たアイスブルー色のドレスには、瞳の色に似た青い糸で細やかな刺繍が施されている。

胸元を飾るネックレスは大粒のブルーサファイア。これ一粒で平民ならば数十年働かずに暮らせる額らしく、付けた時は震えた。

右耳に付けてもらったピアスはブルーダイヤモンド。青みが薄くアイスブルーにも見えるダイヤモンドだったが、天然で色付きの、その中でも特に赤や青のものは希少らしく、小ぶりながらもとんでもない価値なのだと分かって、今日行くのやめようかと思ったもんだ（行くけど）。

出掛ける前に私の姿を見たセナ様が「こんなに自分の色だけを身に纏わせるのってどうな

の？」と言うほどに全身がミューゼ様カラー。

対してミューゼ様は、体の動きや色の当たりによって赤にもワインレッドにも茶色にも見える不思議なカラーの上着に、白い細身のパンツを穿いている。

首元を飾る白いクラバットには鮮やかな緑色の刺繍糸で、私のドレスと揃いの図柄の刺繍が施されている。

左耳には濃い緑色のエメラルドのピアス。青みが強く緑色の濃いエメラルドは大変希少らしいのだが、即決で決めたらしい。

そう、ミューゼ様も私の色を纏っているのだ。

上着の不思議なカラーは、ミューゼ様の目から見た私の髪色らしく「へー、私の髪色ってこんな風に見られてたんだ」と思った。

ちなみに後で分かったのだが、私の片耳だけのピアスはミューセ様の独占欲の現れだった。

卒業式は学園が誇る大広間でパーティー形式で行われ、式が終わるとそのまま卒業パーティーへと移行する。

学園長から順に先生方の有難くも大変眠くなる送辞を聞き、ビシッと正装（しっかりシャーリンカラー取り入れていた）したヘルドリアスの答辞を聞き、始まった卒業パーティー。

私はこの体では踊れないし、ミューゼ様によりしっかりとダンス禁止令まで発令されているので、隅に置かれたソファーに座りながら踊る人達を見ているのだが、余興で面白ダンス（男女逆転ダンス）があったりして、見ているだけでも充分に楽しんでいる。隣には当然ミューゼ様。

「ここにいらしたのね！」

淡いラベンダーカラーのドレスに、金刺繍で豪華な薔薇があしらわれたドレスを着たシャーリンがやってきた。

ヘルドリアスからの贈り物だろうが、ヘルドリアスもしっかりバッチリ自己主張しまくりなドレスだ。ドレスでこれだけ独占欲が出せるなら、実践でもヘタレずにしっかりすればいいのに！

「卒業おめでとう！」

「フェリーもおめでとう！」

「今日は取り巻きさん達はいないのね？」

「皆様、今日はご自身の婚約者様と楽しんでいらっしゃるわ」

「シャーリンはヘルドリアス殿下と楽しまないの？」

「誘われたのですけどね、殿下、答辞の後からお姿が見えなくて」

「え？　どこに行っちゃったのかしら？」

「さぁ……」

シャーリンと話していたら、会場の明かりがパッと落ちた。スポットライトを浴びたヘルドリアスが会場の中央に姿を現すと、会場はシーンと静まり返った。ヘルドリアスは真っ直ぐにシャーリンの元まで歩いて来ると、彼女の前で跪《ひざまず》いた。

「シャーリン・レズモンド嬢！」

「は、はい」

「き、君の前では随分と、その、情けない姿しか見せられない僕だけど、君を心から愛している！　僕と、け、け、け」

「「「殿下、頑張れ‼」」」

　ヘルドリアスを後押しするように会場から声援が沸き起こった。

「僕と結婚してくだしゃいつっ！」

　噛んだよ、一番肝心なところで噛んだよ、また舌を。お約束なの？

「……結婚は、して差し上げますわ」

「ほ、ほんろうあ（ほ、本当か）?!」

「えぇ、元々そのつもりでしたし。……ですが、わたくし、自分が愛されていないと感じたら離縁致しますから、そのおつもりで！」

「わあっあ（分かった）！　しょうあいきみらけおちかう（生涯君だけと誓う）！」

「殿下の言葉は信じられません！　すぐに女性を口説くそのお口で愛を囁かれても価値などありませんわ！　ですから態度で示してくださいな！」

　多分照れてるんであろうシャーリンはツンツンしてる。そんなシャーリンもたまらなく可愛い！　顔は真っ赤、目はうるうるなのに強がって顎をツンと上げてる。

　本来目立つのが苦手な子が、スポットライトを浴びての公開プロポーズなんて、羞恥心が崩壊するレベルの中頑張っている。

　スっと立ち上がったヘルドリアスはガバッと、そりゃもうガバッとシャーリンを抱きしめた。

「「「キャーーー♡」」」

「「「おぉぉぉぉ！」」」

会場から黄色い声と野太い声が湧き上がった。

「ちょっ、な、何を」

「大好きだ、シャーリン。君だけを愛している」

舌が復活したヘルドリアスが、しっかりとした口調でそう告げると、二人の唇が重なった。

唇を押さえて、顔をこれ以上ないほどに赤く染めたシャーリンの腰を抱き、ヘルドリアスが幸せ満開の笑顔を浮かべると、周囲から拍手と歓声が湧き上がった。

「これで良かった、のかしら？」

「良かったんじゃないか？　あの二人、あれで中々お似合いだと思うがな」

「でも、ヒューゴ様は？」

「ヒューゴ？　あぁ、あいつか。あいつなら大丈夫だ。元より想いを告げる気などなかった男だし、ほら、今は」

ミューゼ様の視線の先には見知らぬ女性と並ぶヒューゴの姿が。

「え？　あれは？」

「カリーティア・ベルモント嬢だ」

「え？　どういうこと？」

「最近ヒューゴに一目惚れをしたらしく、今は猛烈にアタックされているのだと聞いた。ベルモント公爵家の令嬢で、結婚すればヒューゴは公爵だ。悪い話ではないから、ヒューゴ自身も受ける方向で話を進めているようだ」

「でも、ベルモント公爵家って王家と対立関係じゃなかった？」

「だから、じゃないのか？　自分が入り込むことでその関係を壊すつもりだろう。あいつはそういう男だ」

「逆に取り込まれたりしない？」

「その心配はないだろう。何せ『魔王』だぞ？　あいつを取り込めるやつなんていないだろう」

「魔王⁈」

ヒューゴは一部の人達に魔王と呼ばれ恐れられるほどに凄い人だった。

知る必要はないと詳しく教えてもらえなかったのだが、私達の前で見せる顔とは別の冷酷無比な一面を持ち、ヘルドリアスの政敵を容赦なく叩きのめしているのだとか。さすが後に宰相になる男と言うべきなのだろうか……。

ヘルドリアスの公開プロポーズの熱も引いた頃、意を決したような顔をした女子達が私の前にやってきた。

「どうなされたの？」

「あの、私達、卒業する前にフェリー様とどうしてもお話がしてみたくて」

「……そうすると俺は邪魔か？　フェリー、俺はすぐ傍にいる。何かあったら呼んでくれ」

気を利かせたミューゼ様は席を立って私から目の届く範囲で友達と会話を始めた。

最初は三人だった女子達は、いつの間にか十人ほどに増え、私を取り囲むようにして皆がそれぞれに話し掛けてくれた。今まで私に話し掛けたかったそうだが、ミューゼ様が怖くて近寄れなかったらしい。

「私、嫌われていたり怖がられていたんじゃなかったのね」

「とんでもない！　皆、フェリー様に憧れていました！」

「そうです！　フェリー様は憧れでした！」

私とミューゼ様の関係を、皆、羨望の眼差しで見ていてくれたらしい。私は無自覚だったが、ミューゼ様の私への溺愛ぶりは、入学した当初から遺憾無く発揮されていたそうで、自分達もあんな風に大切にされたいと思って見ていたのだとか。

しかもその相手が「氷の貴公子」且つ「目だけで人を殺す男」と言われるミューゼ様なのだから、「どうやってあの怖いミューゼ様を?!」と私への関心度と好感度は鰻《うなぎ》登りで上がっていたのだそうだ。

「あ、あの！　目だけで人を殺す男とはなんですか？　それ、初めて聞いたんですけど?!」

「あら、フェリー様はご存知なかったのですね。なんでも昔、まだ入学される前に、ミューゼ様にアタックしようとした女性がいたそうなのですが、声を掛ける以前に、睨まれただけで体が動かなくなって、声も出なくなるほどの恐怖を与えられたとかで、その話が流れた時に『私も！』『俺も！』と似たような体験をされた方が名乗り出て、それから『目だけで人を殺す男』という通り名が付いたそうですよ」

なんだそれーー!!! 知らないよ、そんな話!!

え？　では何か？　私は「目だけで人を殺す男」を手懐けて懐柔して溺愛されている、ある意味猛獣使いみたいな目で見られてたってこと？

「あんなに怖いミューゼ様をあのように骨抜きにしてしまうなんて、フェリー様は凄いです！」

「私もそのように婚約者に愛されたいです！」

「あの！　この小説、お二人がモデルだと噂に聞いたのですが、本当ですか?!」

その子の手にはザリアーヌ（アリザ）先生の新刊『その氷を溶かすのは……』が握られていた。

言っちゃってもいいのかな？　と思っていたらミューゼ様がニコリと笑って頷いた。これは良しってことなのだろう。

それにしてもあのニコッて笑顔、可愛すぎやしませんか?!　何、あの胸の奥底鷲掴みしてくる可愛い笑顔！　キューンじゃなくてギューーーンって感じなんだけど!!　ほら、あの笑顔見ちゃった女子達が胸押さえてるよ（少々複雑な気分）!!

「ええ、恥ずかしながら、そうなんです」

「「やっぱり!!」」

え？　やっぱりって丸分かりするほど?!

「小説を読んでみたら、学園でお見掛けするミューゼ様に主人公がそっくりで！」

「ミューゼ様がフェリー様にされている言動とも凄く似通っていて！」

「これはミューゼ様で間違いないのではないかって専らの噂になっていたんです!!」

私も小説は読んだけど、実際よりも甘く甘く脚色されていたし、主人公の心の機微が実に切なく感動的で、二人が結ばれた時には、自分達がモデルになってるなんて忘れて涙したんだけど、そんなにバレバレだった？

「随分と脚色されて甘く描《えが》かれていたから、私達がモデルだなんて誰も思わないと思っていたのだけど……」

「まさか、お気付きになっていらっしゃらなかったのですか?!」

「主人公が婚約者にしている行動、ほぼミューゼ様がフェリー様にやってらっしゃいましたよ?!」

「え？」

「むしろ小説の方が実際よりも控え目に書かれていたような」

「えぇ?!」

「本当にお気付きではなかったのですね」

物凄く残念な子を見る目が私に向き、そしてチラッと同情の視線がミューゼ様に送られていた。

恥ずかしさのあまり魂も抜けかけた頃「あの」とリリンが声を掛けてきた。

周囲の人達は何かを察して「ではこの辺りで」「またお話いたしましょう」「ありがとうございました」と去っていった。

リリンが来たので当然戻って来たミューゼ様。ミューゼ様はまだまだリリンを超危険視している。

イラストをリリンに描いてもらったことや和解したことは話したのに、だ。

「いつまた前のように豹変するか分からない」

ともうピリピリ警戒している。

そんな彼の気配を感じ取って怯えているリリンの隣には、麦藁《むぎわら》色の髪の毛に蜜柑《みかん》色の瞳をした、イケメンなんだけど見ていると和《なご》む感じの年上男性の姿が。これはもしかして例のハーキンスさんなのでは？

「もしかして、ハーキンスさんですか？」

「はい、私をご存知で？」

「アリザ様とリリン様に聞いていたので」

「そうですか」

笑うと糸目になるハーキンスさんは、リリンが言う通り目に優しいイケメンだ。

ミューゼ様や殿下達がエフェクト掛かりまくりのキラッキラ系だとしたら、ハーキンスさんはほんわかしている。

「今日は無精髭ではないのですね？」

「このような場ではさすがに……それよりリリンさん？　君は私のことをどのように話したのですか？」

「いや、あの、ふ、普通に！　普通にです！」

慌てふためくリリンが小動物みたいで可愛い。

「ね？　大丈夫でしょ？」

ミューゼ様に言うと「……かもしれないが安心は出来ん」と言いつつも若干警戒心を解いた。

「あ、あの、ランベスト様。今まで申し訳ありませんでした。フェリー様を、奥様を貶めるような言動をしてしまって……」

「……二度としないのならばもういい。フェリーが許しているのだから、俺がこれ以上言うことはない。だが、また何かあれば」

「二度と！　二度としません！　絶対に！」

何を言われるかを察したリリンが、必死の形相で二度としないと力強く宣言していた。

それよりも、今日のリリンのドレスはゲーム板で物議を醸したドレスではないだろうか？

ゲーム内では各ルート毎にアイテムや衣装が変わっていたのに、卒業パーティーのドレスだけはどのルートでも共通だったようで「まさかのここで手抜き？」「各ルートでのリリンのドレス楽しみにしてたのに！」などとちょっとした騒ぎになったのだ。

ヒロインであるリリンは推しがいるほどに人気があったので、後に公式が謝罪する事態になったと聞いている。

濃いめのピンクの生地の上に白いレース生地を重ねた、白にもピンクにも見えるプリンセスラインのドレス。

私はミューゼ様しか目に入ってなかった為に、ヒロインの衣装なんて薄ぼんやりとしか覚えてないんだけど、多分こんな感じだった気がする。

「素敵なドレスですね。リリン様にとてもお似合いです」

「ありがとうございます！　養父母が今日の為に作ってくれたんです！　でもこれ、物語のヒロインが着てたものにそっくりでちょっとビックリしました」

そっか、誰も攻略しなかったら養父母さんが贈るのか、ドレス。やっぱりそっくりなのか。

「リリン様の可愛らしさを引き立てていてとてもお似合いですよ」

「エヘヘ、そう言ってもらえると嬉しいです。結構気に入ってるんです」

ドレスが揺れるように軽く動いたリリンは、実に嬉しそうに笑っている。

「ところで……その後の進展はございましたの？」

チラッとハーキンスさんを見ながらリリンに訊ねると、リリンは顔を真っ赤にして「な、何を言い出すんですか！」とあたふたし始めた。

バチッと目が合ったハーキンスさんは意味深な笑みを浮かべている。

「こ、これから頑張ります！」

ハーキンスさんの様子を見る限り、リリンの気持ちは伝わってそうだし、なんとなく上手くいくんじゃないかな？　と思う。

「私、画家っていうか、新しいジャンルでイラストレーターとして出版社と契約することになったんです」

「まぁ！　それはおめでとう！」

「この世界に漫画を広めたいと思っていて。あ、漫画っていうのはイラストと台詞《せりふ》中心の読み物なんですけど。すぐには無理でも少しずつ実績を積んで、いつかは漫画家になりたいなって思ってて」

「夢が見つかったんですね。完成したらぜひ読ませてくださいね」

「はい！　ぜひ！」

リリンが本来のヒロインに相応しいキラキラ具合を発揮していて眩しい！　最初からこんなリリンだったらミューゼ様もコロッと「ありえないからな」……やはりエスパー？


家に帰ると、セナ様主催のサプライズ、卒業おめでとう会が待ち受けていた。ミューゼ様は気付いていたらしいが、私は全然気付いてなくてビックリした。うちの両親と兄弟も来てたから余計にビックリ！

両親には会ってはいたのだが、兄弟には家を出てから全く会っていなかったので、本当にビックリした。

「すっかりお腹が大きくなったな」

ふにゃりとした笑顔で声を掛けてきた兄。

「意地悪されてない？」

ちょっと拗ねたように声を掛けてきた弟。

「もうすっかり大きくなったし、凄く動くのよ。意地悪なんてされてないわ。お義父さまもお義母様もミューゼ様もとても良くしてくださっているわ」

笑顔で答えると、二人とも安心したように微笑んだ。

「それより姉上！　小説のモデルになったって本当ですか？　あの小説のモデルは姉上夫婦だって耳にしたんですけど！」

「あぁ、あれね……まぁ、そうね、私達がモデルになっているので間違いないわね」

「読んでみたら直ぐに分かると言うのに、こいつ、『あの義兄がこんなことをする訳がない！』と信じなくてなぁ」

弟の前では「氷の貴公子」だったもんねー、ミューゼ様。でも兄の前では結構甘々だったんだよね。この違いは何？

「そんな……でもあれは甘過ぎでは？　過剰表現ですよね？」

「……想像に任せるわ」

納得いかない顔をしていた弟だが、その後私を甲斐甲斐しく世話をするミューゼ様を見て、口をあんぐりと開けて固まっていた。

今まで普通だと思っていたんだけど、卒業パーティーの皆の話を聞いて普通ではなかったんだと知った今、ミューゼ様が甲斐甲斐しく世話を焼いてくれるのが恥ずかしくて仕方ない。

喉が乾いたと思ったタイミングで差し出される飲み物。飲み終えると自然に口元を拭いてくれて、そのハンカチは大事そうにポケットに仕舞い込まれる。

食べ物は「万が一があるといけない」と毒味してくれた上で食べやすいように綺麗に切り分けてくれるし、食べにくいものに関しては「あーん」だし。魚なんて「骨が危ない」と小骨単位まで丁寧に骨を抜いてくれる。

暑いなぁと思ってると、横でさり気なく扇で扇いでくれてるし、寒い時はどこからかブランケットやショールを取り出して掛けてくれる。

それをなんでもない顔でしてくれていたし、小さい頃からそれだったから私的には通常運転の範疇だったんだけど、これ、普通に見たら絶対違うよね?!

これまで気付かなかった私ってどれだけ鈍いの?!　超優秀過ぎる執事が隣にいるようなもんじゃん！

「ミューゼ？　さすがに私の世話を焼き過ぎじゃない？」

「俺の喜びだ。気にするな」

よ、喜び?!

「フェリーの世話をするのは夫だけの特権だ。存分に甘やかされていればいい」

……いいのか？

◆◆◆

卒業式が終わってからというもの、ミューゼ様が以前にも増して私にベッタリ張り付くようになった。

私としては嬉しい限りなのだが、たまに少しだけ鬱陶しく感じてしまう。贅沢な悩みである。

「ミューゼ？　最近どうしたの？」

「ん？　何がだ？」

部屋のソファーに腰を下ろし、私を膝の上に座らせて、後ろから抱き締められた状態なので、彼の顔が見えない。

「今は見なくていい」

「ミューゼの顔が見たいのだけど……」

「どうして？」

「どうしても」

しっかりとホールドされている為、体を反転させることも出来ない。

「ミューゼ？」

「はぁ……」

諦めたように息を吐いたミューゼ様がヒョイと私の向きを変え、横抱きにしてくれた。

そこにあったのは困ったように眉を寄せた彼の顔。こんな表情は初めてである。

「ミューゼ……」

「情けない顔をしているだろう？」

恥ずかしそうに微笑んだ、彼の初めての表情に、私の胸は不覚にも高鳴った。

困ったような、泣き出しそうなその顔は、切なさを濃縮させたようにも見え、なんとも母性がくすぐられる。

「どうしたの？」

高鳴る鼓動と叫び出したくなる衝動を抑えつつ、ミューゼ様の頬に手を伸ばすと、彼は私の手をそっと握った。

「フェリーと二人で過ごせる幸せな日々がもうすぐ終わってしまうのかと思うと、なんともいえない焦燥感に駆られてしまうんだ」

「え？」

「笑ってくれて構わない……」

「笑わないけど……どうして？」

「子が生まれてくることを待ち望んでいるのは事実だ……だが、子が生まれるとフェリーは俺だけのフェリーではなくなってしまうのだと思ったら、それは嫌だと思う自分がいて……」

え⁈　何⁈　どういうこと⁈

「父親失格だな」

父親失格⁈　なぜそうなる⁈　何が起きているの⁈

訳が分からないままモヤモヤと過ごした。

「フェリーちゃん、どうかしたの？　可愛いお顔が曇っているけど？」

ミューゼ様が所用で出掛けた後、セナ様に声を掛けられた。

「実は……」

彼の様子がおかしいことを伝えると、セナ様はコロコロと笑い始めた。

「まさかそんなところも親子で似てしまうなんて」

「え？」

「実はね、私の時もそうだったのよ……」

セナ様の話を聞いたところ、セナ様が出産する前の丁度今頃の時期、クリス様も彼と同じような状態に陥ったのだそうだ。

前世で言うマタニティーブルー。

普通は妊娠中の女側がなるものだが、ランベスト家は男がなるもののようだ。

「要は独占欲の現れなのよ。子供が生まれてくるのは嬉しいけれど、それまで独り占め出来ていた妻が、子供に取られてしまうのではないかという不安が沸き起こるようよ？　そういう感情は普通女が抱くものだと思っていたけれど、我が家に関しては逆よね」

独占欲……え？　嬉しいんですけど！　私を独り占めしたいと思うほどに好きってことよね?!

嬉しすぎない?!

「クリスには私、厳しいことを言っちゃったのよねー。『大の男がそんなことでウジウジと悩んだりして恥ずかしくはないんですか?!』って。そしたらあの人、すっかりと涙目になって『す、すまない、でも……』って。その姿がおっかしくって笑ってしまったのよね」

その光景が目に浮かぶようです。

夜。夕飯を済ませた私達は自室のベッドに腰を下ろしていた。

「ねえ、ミューゼ？」

「ん？　どうした？」

「もしも子供が生まれても、私はずっとあなたの妻で、あなただけのものよ？　それはずっと変わらないわ、あなたが私の手を離すまでずっと……」

意を決して言った言葉はとてもチープに聞こえた。

これでも色々と考えたけど、何も浮かばなかったのだ。

彼の顔を見ると涙目だった！　なぜ?!

「ミュ、ミューゼ？」

「フェリー!!」

少し苦しいほどに抱きしめられた。

「ありがとう、フェリー……我が最愛……愛しい人……俺はフェリーの手を死ぬまで離す気はない……俺の不安を感じ取って笑いもせず受け入れてくれるなんて……ありがとう」

涙声でそんなことを言われてしまった。

え?!　あの言葉でこんなに感激されるの?!　え?!　ミューゼ様って意外とチョロい?!

「フェリーの言葉だからだ……フェリー以外に言われたところで心は動かん！」

またしっかりと心の内を読まれてしまっていました。本当にエスパー?!

その後、二人で色んな話をした。

私が思っている以上に、ミューゼ様は私との二人だけの時間を大切に感じてくれているようで嬉しかった。

「子供が生まれたらしばらくの間は忙しいと思うけど、こんなふうに二人だけの時間もちゃんと持ちましょうね？」

「ああ、そうしよう」

子供が生まれてきたら、こんなふうにのんびりと過ごす時間なんて取れないかもしれないけど、可能な限りミューゼ様との時間を大切にしていきたいと思う。

「情けない姿を子供に見せる訳にはいかないな」

そう言って笑ったミューゼ様は、その後、取り寄せた様々な育児書に暇さえあれば目を通すようになった。

「何もそこまでしなくても……」

「夫としても父親としても満点でありたいからな。今のうちにしっかり学んでおきたい」

私よりも育児に関してメキメキと知識を付けていくミューゼ様。

「フェリーが知らないことは俺が知っていればいい。その為に俺がいるのだからな」

頼もしいことこの上ないが、少しやり過ぎではないだろうか？

◆◆◆

臨月に入った。ミヤ様からは、「いつ生まれてもおかしくない。普段と違うことがあったら直ぐに呼ぶように」と言われている。

お腹の赤ちゃんは産まれてくる準備に入ったのかあまり動かなくなった。

赤ちゃんが下がってきているようで恥骨辺りがチリチリと痛む。

産みの苦しみ……それだけが怖い。

前世・今世共通して「死ぬほど痛い」と経験者が語る出産。

「産む時はそりゃあ痛いわよ！　でもね、産んじゃうと不思議なもんで忘れちゃうのよ！」と今世の母とセナ様が笑っていた。

死ぬほど痛いのに忘れちゃうの?!　と疑っているのだが「忘れなきゃ何人も産めないじゃないの！」と三人産んだ母が得意気に言うからそんなもんなのか……とも思ってる。

今日は、目が覚めてからというもの、体が冷えてしまったのか、お腹がモヤモヤと痛い。我慢できない痛みではなく、温めていると自然と治まった。

でも忘れた頃にまたモヤモヤと痛み出し、ホットミルクを飲んで体を温めたらまた治まった。

お風呂に入って体を芯から温めようかな？　とのんびりと考えていたら、最近執務も本格的に任されるようになったミューゼ様が、仕事を一段落させて顔を見に戻ってきた。

「どうした？」

顔を見ただけで異変に気付くってやっぱりエスパーだと思う。

「体が冷えたみたいでね、お腹がモヤモヤと痛いの。お風呂に入ろうかなって思ってるんだけど」

「陣痛じゃないのか?!」

「えー、違うと思うよ？　陣痛ってもっと痛いって聞いてるし」

「……ミヤを呼ぼう」

直ぐにやってきたミヤ様に診察された結果、「陣痛だな」と言われた。

「え?!　これが?!」

「痛みの強さは人それぞれだ。お前さんの場合微弱陣痛だろう。今は我慢出来る痛みだろうが、間隔が短くなれば痛みも強くなる」

ミヤ様の言う通り、痛みの間隔が短くなるにつれてどんどんと痛みが強くなってきて、五分間隔になった頃には脂汗が出るほどに苦しくなっていた。

ミューゼ様はずっと腰をさすってくれている。

「代われるものなら代わってやりたい」

私のあまりの苦しみようにミューゼ様が瞳を揺らしながら顔を歪めている。

「こんな時男は、無力だな」

傍にいてくれて、腰をさすってくれるだけでも有難いのだが、痛くて苦しくて伝えるどころの話ではない。

下半身に生温い感覚が走り、破水したことが分かると、ミヤ様は「そろそろ産まれるぞ！　もうひと踏ん張り頑張れ！」と私の頭を撫でてくれた。

破水の直後から痛みはそれまでとは比べものにならないほど大きくなり、私はみっともないほどに呻いたのだが、ミューゼ様は私の手を握り、背をさすり、励ますように声を掛け続けてくれた。

何度も気を失いかけ、痛すぎてもう死んでもいいとすら思えてきた時、最大級の痛みが走り「いきめ！」とミヤ様の怒声が届き、力の限りいきんだ。

堰《せ》き止められていた何かが一気に溢れるような感覚がして、痛みが一気に消えていく不思議な脱力感に襲われた。

「オギャァァァ！　オギャァァァ！」

「産まれたぞ！　元気な男の子だ！」

ミヤ様の声が聞こえた。

「フェリー、よく頑張ってくれた、ありがとう、フェリー」

ミューゼ様の震える声が聞こえて、頭をそっと抱き締められた。

もうどこにも力など入らないほどに疲れ切っているのに、ミヤ様に渡された我が子を胸に抱くと、不思議と力が湧いてくるような気がしてくる。

ミューゼ様と同じ髪色をした、まだくしゃくしゃの顔をした小さな我が子。眠っているから目の色は分からないが、きっとミューゼ様みたいに素敵な男の子になるんだろう。

「初めまして、私の赤ちゃん」

ミューゼ様がそっと赤ちゃんの頬を撫でている。

「小さいな……そして、可愛い」

泣いたのか、ミューゼ様の顔はグシャグシャで、目は真っ赤。

「フェリー、ご苦労様……よく頑張ってくれた」

また私に感謝を告げると、赤ちゃんの手を愛おしそうに撫でている。その小さな手がミューゼ様の指をキュッと掴むと、彼はポロリと涙を零した。

「俺の……俺の子供、なんだな……」

「えぇ、ミューゼ様の子」

「俺とフェリーの子……」

「そうよ、私達の子供」

ミューゼ様の目からはポロポロと涙が溢れている。私も涙が溢れて止まらない。なんて幸せな光景なんだろう。

「大業を成し遂げたんだ！　お前さんはゆっくりと休め」

そう言われて、整え直されたベッドに横になると、私の意識は眠りの中に落ちて行った。

◆◆◆

子供が産まれた。俺と同じ髪色をしたとても小さな男の子。

脂汗を流しながら、何度となく気を失いかけつつもフェリーが産んでくれた小さな命。

苦しむフェリーを励ますことしか出来ない、肝心な時にはなんの役にも立たない自分が不甲斐

なく、それでも傍から離れる選択なんて出来ず、こんなに苦しむのならば……などと決して口には出せない思いが過ぎさりながらも見守り立ち会った出産。

子が産まれてきた瞬間、俺はもう呆然とその光景を見ていた。

ミヤが取り上げた小さな赤ん坊は、乱雑にも見える方法で強制的に産声を上げさせられると、なんとも力強く泣いた。

小さな手をしっかりと握りしめて、とても力強く、生きているのだと主張するように産声を上げた。

知らぬ間に零れていた涙を拭うこともせず、俺はその様子をただ見つめていた。

我に返るとフェリーに労いの言葉をかけたが、情けないほどに震える声はどうすることも出来なかった。

出産を終えたフェリーは、疲れ切った顔なのにとても美しく輝いていた。産んだばかりの我が子を胸に抱く姿は本物の女神のようで、別世界の光景の様だった。

我が子の頬を撫で、手を撫でていると、小さな手が俺の指をキュッと握りしめた。

「俺の……俺の子供、なんだな……」

神秘的な絵画の中の世界のようだった光景が、一気に自分の世界と重なり、この子は俺の子供なんだという嬉しさや愛しさ、安堵等の全ての幸せな感情が押し寄せてくる。涙は止まることを忘れて、みっともないほどに流れてくる。

産む時は役に立たなかった不甲斐ない父親だが、これから全身全霊で守っていこう。

この子が真っ直ぐ幸せに生きていけるよう、父親として出来る限りのことをしてやろう。
そして、こんなにも幸せを与えてくれたフェリーを、これまで以上に愛していこう。
疲れ果てて眠ったフェリーと、傍で眠る我が子に心の中で誓った。

◆◆◆

出産して半月はセナ様や私の母親、乳母予定でいたらしい、ミューゼ様の時の乳母で現メイド長達が交代で赤ちゃんの世話をしてくれて、私は母乳をあげる以外は体を休めることに専念するようにと言われて、ほぼベッド生活をして過ごした。

ミューゼ様も甲斐甲斐しく、それはそれはマメに私と子供の世話をし、いつの間にやらおしめ替えや沐浴《もくよく》方法まで完璧にマスターし、至れり尽くせりで過ごした。

私が産気付いた時、クリス様とセナ様は所用で出掛けていて、出産に立ち会うことが出来なかったのを物凄く悔しがっていて「お世話くらいはさせてちょうだい！」と張り切っていた。

出産後に駆け付けたうちの両親と兄弟は、産まれたての赤ちゃんを見てもうデレデレで、眠っている赤ちゃんを何時間も見続けていたそうだ。

赤ちゃんの誕生を聞き付けたシャーリンからは、翌日にお祝いメッセージととっても可愛らしいベビードレスが届き、アリザとリリンからは赤ちゃん用の玩具が届いた。

キリアンからは新作の綿生地で作ったベビー肌着が届き、殿下からは滋養にいいらしいとっても不味そうなドリンクが届いた。

スザンナからは、結婚するハリエ・ヘリズスリー様と共同でヘリズスリー辺境領の名産品が山のように届き、オリーヴからはヨゼフ侯爵家が取り扱っている他国の珍しいお菓子やお茶が届いた。

その他にもマリオン、ヒューゴ、クラスメイトの皆さんからも何かが届いたそうなのだが、量が多くて、それらはミューゼ様が対応するということで把握出来ていない。

半月の至れり尽くせりの生活を終えて始まった育児生活はまぁ大変！

母乳だからなのか「一度飲んだら数時間は起きないわよ」と聞いていたのに、一時間もしないうちに起きて、火がつくように泣いてみせたり、かと思えば、え？　大丈夫?!　って程に起きなかったり、なぜ泣いているのか分からなかったりでハラハラドキドキの連続。

ミューゼ様やセナ様、頻繁にやってくる我が母が、色々と世話を焼いてくれているので、極端に消耗することはなく子育てが出来ているが、世の母親って偉大！　と実感するほどには赤ちゃんに振り回される生活を送っている。

そうそう、赤ちゃんの名前は『エリオン』に決まった。

エリオンとはこの世界の神様の名前で、前世でも同じような名前の神様がいた気がしたけど、どんな神様なのか全く知らず、この世界のエリオン神は愛と豊潤の神様だからエリオンに決めた。

この子の人生が恵みのある、愛に溢れたものになりますようにと願いを込めて。

ミューゼ様は私とミューゼ様の名前を組み合わせることに最後まで拘《こだわ》っていたのだが、二人の名前を組み合わせてもおかしな名前にしかならずに諦めたようだ。

エリオンは瞳の色は私と同じ緑色で、二人の特徴を混ぜ合わせたような子供だった。髪はミューゼ様、目の色と眉の形は私、目の形はミューゼ様、鼻は多分ミューゼ様、口は私かな？　って感じで、これがまた超絶に可愛い！

「リオちゃんは可愛いでちゅねぇ♡」

　前世では絶対に赤ちゃん言葉を使う大人にだけはなるまいと思っていたのに、気付けばミューゼ様以外、皆、赤ちゃん言葉で話し掛けている痛い現状。可愛すぎるってそれだけで罪‼

　いつの間にかスーッと現れるクリス様が小声で「じぃじが来まちたよー♡　リオたんは可愛いでちゅねー♡」と言っていた時は、聞いちゃいけないものを聞いたんじゃないかと思ったが、今ではそれが通常仕様になってしまったので慣れた。

　最初はグニャングニャンで、首をしっかりと支えながら抱っこしなければならなかったが、三ヶ月を過ぎた辺りから首がしっかりとし始め、いつの間にやら首が据わった。

　産まれたての頃は乏しかった表情も、一、二ヶ月もするとあやすと笑うようになり、顔の判別が付いているのか私やミューゼ様が抱くと「あー」などと声を出してにぱぁと笑うようになり、そうなると益々メロメロになるのは当然で、恐らく私は甘々な母親だという自覚があるほどにエリオンに夢中になっている。

　時々「エリオンにフェリーを取られた」とミューゼ様が拗ねているが、変わらずミューゼ様のことは大好きなので、セナ様やうちの母がエリオンの世話をしてくれている時は、ミューゼ様と二人だけの時間を過ごしている。

カメラがないこの世界で、エリオンの成長記録の絵が欲しいとぼやいていたら、ミューゼ様がスケッチブックをそっと差し出してきた。中には出産直後の私とエリオンの絵から始まり、生後二日目、一週間後、一ヶ月後、一ヶ月半、二ヶ月……とエリオンの成長していく様子が絵で残されていた。描いた日付やその時のエリオンの様子まできっちりと記されていて、一冊のアルバムのようになっている。

「これ、ミューゼが？」

「子供の成長は早いからな。どれだけ描いても描き足りない」

「仕事もあって子育ても手伝ってくれているのに……ありがとう！」

「このくらい造作もない」

私も育児日誌を書いている。その時飲んだミルクの量や気付いたこと、気になる点、エリオンの様子や眠った時間などをメモのように書き連ねているだけだが、時々読み返して、そうそう、この時はそうだったと思い出してはほっこりしている。でも絵は描けないから、ミューゼ様の描いてくれている絵は宝物のように嬉しい。

本当に幸せ過ぎて困る。

◆◆◆

産後、悪露《おろ》は一ヶ月ちょっと続いたが、経過は順調で、完全に出血も止まり、私の体調も問題なくなり、ミヤ様からの夜の許可も下りたのだが、万全を期したミューゼ様はそこから更に一ヶ月以上我慢を重ねてくれた。

「フェリーを抱く為に結婚した訳ではない」

そう言いながら私を抱き締めて眠るミューゼ様は、エリオンが夜中に起きると一緒に起きてくる。

「寝不足になるから！」とどんなに寝ているように言っても聞かず、それなのに私よりも元気で、体力どうなってるんだろう？　と思うことがある。

産後三ヶ月が経ったある日、朝からソワソワしているミューゼ様と、微笑ましいものを見るようにニコニコしているセナ様を見て不思議に思っていたら、「そろそろ……」とミューゼ様からのお誘いを受けた。

「大丈夫よー。夜は私とソニア（メイド長）でエリオンちゃんを見てるから。役には立たないけどクリスもいるし」

セナ様からこの発言が出るということは……。

ボンッと顔から火が出るのではと思うほどに顔が熱くなったのだが、ミューゼ様は平然としていた。

夜……。

久々の行為になる訳で、私はガチガチに緊張していたのだが、ミューゼ様はそんな私を優しく丁寧に解《ほぐ》し、甘くも熱い夜を過ごした。

だけど不思議なもので、私もミューゼ様も微かに聞こえるエリオンの泣き声にどうしても反応してしまう。

「あ、泣いてる」

「これはおしめだな」

泣き声でお腹が空いたや、お尻が気持ち悪いのがすっかり判別出来ているミューゼ様は凄いと思う。

でもそんなミューゼ様でも、寝ぐずりをするエリオンを大人しくさせることは出来ないようで「やはり母親には敵わないな」と言う。

時々エリオンを気にしながらも、久々の熱い夜をしっかりと満喫したらしいミューゼ様は、翌朝とてもスッキリとした顔で目を覚まし、いつもよりもピッカピカの肌艶と、とろりとした表情で「まだ寝ていろ」と部屋を出て行った。私はぐったりとしているのに……解せぬ。

少し遅めにベッドから出た私は、直ぐにエリオンのところに行ったのだが、セナ様が「もっともっとゆっくりしてていいのよ♡　エリオンちゃん、とっても良い子だから毎晩でも見ててあげる♡」と言い、その後ろでエリオンをデレデレの笑顔で見ながらクリス様がうんうんと頷いている、よその人が見たら仰天しそうな光景をもうすっかりと見慣れた私。

「ミューゼは一人っ子じゃない？　本当は兄弟を作ってあげたかったんだけど、私の体がそれ以上の妊娠に適してなかったから、産んであげられなくて……だからフェリーちゃんは私達に遠慮なんかしないで、ミューゼとどんどん仲良くして、可愛い子を沢山産んでくれると嬉しいわ♡　別に『次々に産め！』ってプレッシャーかけたい訳じゃないわよ？　エリオンちゃんが産まれただけでも私達はとっても幸せだから♡　ただ遠慮しないでねって伝えたかっただけ」

　気持ちはとても有難いのだが、エリオンを預ける＝夜……という恥ずかし過ぎる公認図式が出来上がる訳で……。

「別にそういうことをする為だけに預けるんじゃなく、二人共ゆっくり寝たい日だってあるだろうから、週に一度でも三日に一度でもぐっすり眠れる日を作ると考えて預けてくれていいのよ？」

「ありがとうございます」

　優しい心遣いに頭が下がる思いだった。

◆◆◆

　エリオンは生後六ヶ月になった。もうぷくぷくのふにふにでとっても元気！

　五ヶ月を過ぎた頃から寝返りを始め、今ではベッドの中でコロンコロンと転がるから、危なくて目が離せない。

　うっかりうつ伏せになったまま寝ちゃったら、なんて考えたら怖くてたまらない。

　そしてエリオンは寝返りだけではなく、脚力だけで寝たまま移動する器用な技まで覚えてしまった。気が付くとベッドの柵に頭をグイグイと押し付けながら仰向《あおむ》けで足だけを動かして移動しようとする。

どこまで移動するんだろう？　と素朴な疑問から、床に清潔で柔らかいマットを敷いて寝転がしてみたら、ものの数分でマットの端まで移動してしまって驚いた。

前世にあった歩行器のようなものがあればどこまでも移動するんじゃないだろうか？　と思っている。

移動のせいなのか、後頭部の髪の毛が団子状にダマになって絡まっている。見つける度に梳《す》いて絡まりを直すのだが、直ぐに出来てしまってイタチごっこだ。

表情はもうハッキリしていて、見知った人の顔ならば見分けも付いているようだ。

リリンとアリザがくれた玩具は、今ではすっかりエリオンのお気に入りで、カラカラ音のなる小さなクマさんを振り回したり口にしたりしてご機嫌に遊んでいる。

エリオンが六ヶ月になったということは、私とミューゼ様の結婚式が六ヶ月後に行われるということでもあり、私は最近少しだけ忙しい。招待客へ送る招待状だけ任せられたのだ。

もっと色々と手伝いたいのだが、ミューゼ様が「俺がやるから大丈夫！　任せておけ」と言って聞かないのでお任せしている。

私が下手に手を出すよりも、ミューゼ様に任せた方がセンス良くなるのも知っているからなのだが、時々「この料理はどう思う？」とか「式場に飾る花はこれでか？」と私の意見を聞いてくれるので有難い。

ウエディングドレスは、入籍してすぐに二人で決めたデザインのものを今のサイズに合わせて仕立ててもらっている。

式までにまだ半年もあるので、サイズを絞ろうかと思ったのだが、「そんなことをして体を壊したらどうする！　今のままのフェリーが美しい」と言われてしまったので、特別ダイエットもしない方向で決定している。

最終的なサイズは式直前に直せるそうなのだが、一生に一度のウエディングドレスを少しでも綺麗な姿で着たいと思うのが女心。

ミューゼ様には必要ないと言われたが、これ以上太ったりしないように、少しでも万全の姿でウエディングドレスを着られるように、密かに無理なく体を絞ろうと思っている。

最近、エリオンは私達がお茶をしていると、飲み食いしているものに興味を示し、涎を垂らしながらこちらに手を伸ばしてくるようになった。

「そろそろ離乳食を始めていい頃合いだろう」

ミヤ様がそう言うので、今日から離乳食が開始されることになった。と言っても突然沢山のものをあげるのは危険なので、今日は林檎の絞り汁にすりおろした果肉をほんの少しだけ混ぜて、かなり薄めたものを一さじだけ。

「エリオン、あーん」

あーんと言っても口を開ける訳もなく、ミューゼ様が抱っこして、座らせた状態のエリオンが口を開いたタイミングでスプーンを口にそっと差し込んだ。

一瞬「ん？」という顔をしたものの、お気に召したのか私の手を掴んで離さず、もっとくれとばかりに「あーあー」「うーうー」言っている。

「今日はこれだけ。また明日ね」

そう言っても分かってくれるはずもなく、私の手の中のスプーンを何度も口に入れては「ない！」って顔。その顔がまた可愛い！　我が子ながらなぜこんなに可愛いのか！

その後、順調に成長しているエリオンは、出来ることが増えたし、小さくて可愛らしい歯も生えてきている。

六ヶ月頃から生え始めると聞いていた歯だが、エリオンは八ヶ月手前でやっと生え始めた。

今は下の前歯が二本と上の歯が一本、顔を覗かせ始めている。

お喋りも始め、私が「ミューゼ」と呼ぶからなのか、彼のことを「ムー」と呼び、私のことは「マァマ」と呼ぶ。

「パパ」と呼んで欲しいミューゼ様は一生懸命「パパ」と教えているのだ、「ムー！」としか呼ばない。

授乳の時にニヤリと笑いながらグリグリ噛むことを覚えてしまって、「痛い！　痛いから！」と私が顔を顰《しか》めて痛がる姿を見ては、声を上げて笑うという鬼畜ぶりまで見せ始めた。誰に似たの?!

一人で座れるようにもなり、ハイハイも出来るようになり、掴まり立ちを覚え、十ヶ月になった頃には伝い歩きを始め、十一ヶ月を目前にして、一人で小さな一歩を踏み出した。

「あ、歩いたわ！」

「あぁ、歩いたな」

「エリオン天才じゃない?!」

「一歳で歩き出すと聞くが、エリオンは運動神経がいいんだろうな」

早い子だと十ヶ月より前に歩く子もいるらしいのだが、完全に親馬鹿の私達は「凄い！」「天才！」と大喜びした。

後で聞いた話によると、あまり早くから歩き出すのも良くはないのだとか。

大喜びしたのは私達だけではなく、今ではすっかり屋敷中の皆がエリオン馬鹿になっており、初めて歩いた日にはお祝いパーティーが開かれ、クリス様がデレデレの顔で「リオたんはちゅごいでちゅねー♡」と言っていたのを聞き流した。

赤ちゃん言葉が一番凄いのがクリス様である。

最初の頃は、立ち上がって一歩踏み出しても直ぐに尻もちをついたりひっくり返っていたエリオンだったが、式近くになった頃には、足取りは危なっかしいながらも一人でテトテトと歩けるようになっていて、ミューゼ様が「これで式に一緒に歩けるな」ととても喜んでいる。

結婚式用のエリオンのお洋服は、歩きやすさ重視ながらも、いつもよりもちょっぴりお洒落な水色のロンパース。試しに着せてみたら、おしめでお尻がもっこりとしてアヒルのようだったのはご愛嬌。

靴を履かせると上手く歩けない為、危険のないようにカーペットを敷いた上を靴下で歩くことが決まり、後は式を待つばかりだ。

◆◆◆

朝から全身をいつもよりも数倍磨き上げられた私は、真っ白なウエディングドレスに身を包み、父に手を引かれて式場まで歩いた。

「もう充分幸せだと思うが、もっともっと幸せになるんだよ」

式が始まる前だというのにすでに涙目の父を見て、私も思わず泣きそうになったのだが、せっかくのメイクが崩れてしまっては大変なので必死で我慢した。

本来であればバージンロードを父と一緒に歩くのだが、私はすでに子を産んでいる為そこは省略されることになり、式場の扉が開くとエリオンを抱いた真っ白いタキシード姿のミューゼ様が待っていて、父の手から私の手を受け取ると、エリオンの手を二人で片方ずつ握って、真っ赤なカーペットの上を親子三人で歩いた。

エリオンの体と歩調に合わせて身をかがめながら歩くのは少し大変だったけど、ワクワクした顔でテトテト歩くエリオンがとても可愛くて苦にならなかった。

神父様が待つ祭壇の前までなんとか歩き切ったエリオンは、ミューゼ様に抱かれ、神父様が祝いの祝詞《のりと》を読み上げると、それに反応するかのように喋り始め、会場からはクスクスと笑い声が沸き起こった。

嘲《あざけ》るような笑いではない為、会場のムードはとても和やかだ。

神父様が聖書の一文を読み始めると、エリオンがウトウトとし始めて、そっとやってきたセナ様がエリオンを受け取っていった。

「新郎ミューゼ・ランベスト、あなたはフェリー・ランベストを妻とし、健やかなる時も、病める時も、喜びの時も、悲しみの時も、富める時も、貧しい時も、妻を愛し、敬い、慰め合い、共に助け合い、その命ある限り真心を尽くすことを誓いますか？」

「誓います」

「新婦フェリー・ランベスト、あなたはミューゼ・ランベストを夫とし、健やかなる時も、病める時も、喜びの時も、悲しみの時も、富める時も、貧しい時も、夫を愛し、敬い、慰め合い、共に助け合い、その命ある限り真心を尽くすことを誓いますか？」

「はい、誓います」

「それでは誓いのキスを」

ミューゼ様が近付いてきて唇が軽く重なった。

「この身にかけてフェリーを生涯愛し抜くと誓う」

「私も、誓います」

ふわりとした浮遊感と共にミューゼ様の香りに包まれ、満場の拍手と喝采の中、私は彼にお姫様抱っこのまま再びキスをされた。

こんなに賑やかだと驚いて泣き出したりしないかとエリオンを見ると、セナ様の腕の中でスヤスヤと眠っていた。

「あれは大物になりそうだな」

「ふふっ、そうね」

「幸せだな」

「本当に、幸せ」

披露宴では沢山の人達に「おめでとう」と言われた。

シャーリンはヘルドリアスとペアになるドレスコーデできていて、ヘルドリアスは流れるように女性に声を掛けているのだが、シャーリンはそれにはもう何も言わない。

「わたくしとは真逆の印象の女性にしか声を掛けられないらしいのよ。馬鹿よね」

そう言ったシャーリンはとても綺麗だった。

「次はシャーリンの番ね」

シャーリンの結婚式は今年の秋に予定されている。卒業パーティーでの公開プロポーズから、本来であれば最低でも一年は要する結婚準備に入るのだが、ヘルドリアスの強い希望でそれよりも早まった。

ヘルドリアスの脳内では、プロポーズした翌日には式を挙げるというとんでもない計画が立てられていたようなのだが、一国の王太子の結婚式が招待客もお披露目もなしなんて許されるはずがなく、準備に一年を要するところを半年ほど無理やり縮める形で納得させたそうだ。

　そういう行動力や決断力はあるのに、シャーリンに関してだけは本当にダメダメなのだが、ヘルドリアスに絆されてきているシャーリンは「そんなところが可愛いのよ」と笑っていた。


　驚くことがあった。

　お祝いの挨拶に来たキリアンの隣にアリザがいたのだ。

　そして二人の口から「婚約しました」との驚きの報告を告げられたのだ。結婚式は来年を予定しているそうだ。

「え？　いつから？」

　卒業してからアリザは本格的に作家として生きることを決め、リリンから聞いた設定集制作を決めたそうなのだが、今までにはなかった特別な本を出すのだから全てに拘りたいと思い、表装の布から特別なものをと考えている時に、たまたまキリアンと関わるようになり、表装の布地について相談をしているうちに互いに惹かれ合い、そこからはキリアンが猛アタックをし、婚約が決まったそうだ。

　幸せそうな二人の姿にこちらまで幸せな気持ちになった。

　作家としての活動をやめるつもりがないこと、作家としてやっていくならどうしても伯爵夫人としての役割が果たせなくなることを考えて断ろうとしたアリザに、「どうしてそれが断る理由になるの？」とキリアンはキョトンとした顔で聞いたらしい。

「将来的に僕は伯爵家を継ぐと思う、潰れてなくならない限り、ね。でも、僕が伯爵になったとしても君は君でしょ？　作家として活躍の場があるならそこで輝けばいいと思うよ？　僕んちみたいな貧乏伯爵家に大した伯爵夫人としての仕事なんてないし、時々社交の場で「どうだ！　僕の奥さん可愛いだろう！」って君を自慢する為に見せびらかしに行くのを許してくれればそれだけでいい」

　そうキリアンは言ったのだそうだ。

「そんなことを言われたらあれこれ考えてるのが馬鹿らしく思えてきて」

　キリアン、男前！

「だって僕は伯爵夫人になって欲しいから結婚したい訳じゃないから。アリザが好きだな、一緒にいたいな、一緒にいたら幸せだろうなって思ったから婚約を申し込んだし、結婚したいと思ったんだ。作家としての活躍を潰してまで伯爵夫人の役割なんてして欲しくないし、して欲しいとも思わないよ。それに、僕、作家としてキラキラしてるアリザが大好きだから」

　目の前で堂々と惚気けてくるキリアン。幸せなのはいいことだ。

◆　◆　◆

　披露宴も終わりに差し掛かった頃、私達の前にチェチェリーナを連れたマリオンがお祝いを言いにやってきた。

ヘルドリアスと同じく、金髪に紫色の瞳のチェチェリーナは、さすが王太子の妹だ！　と言えるほどの愛らしい美少女だった。

金色の長い髪は緩やかに波打ち、室内灯の光でキラキラと輝いている。

紫の瞳はパッチリと大きく、綺麗な二重に長い睫毛《まつげ》が大きな瞳を更に引き立てている。

丁度いいサイズ感の整った鼻と、瑞々《みずみず》しく形の良い小ぶりの唇。

リリンが小動物系美少女だとしたら、チェチェリーナは凛とした妖精姫といった感じだろうか。

高貴な雰囲気がありすぎて、迂闊《うかつ》には手を出せない感じのする美少女である。

チェチェリーナは話してみるととても気さくな可愛い子だった。

「お兄様よりも絶対にわたくしが先にマリオン様と結婚すると思っていたのに」

と言う言葉には笑ってしまったのだが、シャーリンのことが大好きで、

「シャーリンお姉様はお兄様にはもったいない！」

と頻繁に話していた。

「マリオン様？　わたくし達の結婚式も子供と一緒に行ったら素敵だと思いません？」

「こ、子供?!　いや、あの、それは」

「わたくし、今はまだマリオン様から見たら子供ですが、数年もすれば立派なレディになりますわ！　そうしたらすぐにでもお嫁にもらっていただいて、このような式を挙げましょう。ね！」

まだ十一、二歳くらいなのにチェチェリーナはしっかりと女の顔でマリオンを見ているのが分

かる。

マリオンはまだ繋ぎの婚約者だと思っているようだが、チェチェリーナが彼にぞっこんなのは手に取るように明らか。

二人が結婚するのはまだ先のことだろうが、快活で押しの強いチェチェリーナと、無骨で不器用なマリオンはとてもお似合いだと思う。

披露宴が終わり、来客者に挨拶をしていたら、リリンがハーキンスと共に現れた。

「沢山の方にお祝いを言われていたからちょっと近付けなくて」

そう言ったリリンの手はしっかりとハーキンスと繋がれていた。

「もしかして？」

「はい！　やっと恋人に昇格しました！」

「まぁ！　おめでとう！」

リリンも上手くいっているようで良かった。

リリンは卒業後、出版社とイラストレーター契約を結び、数ヶ月前に『イケメンカタログ』という画集を出版した。

どことなくその辺にいそうでいない、タイプの違うイケメン達のイラスト画集で、なんの宣伝もなく出版されたのだが、口コミがあっという間に広まり、重版に重版を重ねる大ヒット画集となっている。

私も一冊もらったのだが、ミューゼ様に「そんなもの、見る必要はない」と取り上げられてしまった。表紙のイケメンはなんとなくハーキンスに似ている気がする。

「私達もいつか、ね？」

「うーん……リリンにもっと大人の魅力が出てきたら、かな？」

「それって私に大人の魅力がないってこと？」

「そんな直接的な言い方はしてないよ？」

不貞腐《ふてくさ》れて膨れっ面のリリンの頭を、ハーキンスが優しい顔で撫でている。大人の余裕と言うのか、子供っぽいリリンをからかって楽しんでいると言うのか……多分後者？

ヒューゴはヘルドリアスの代わりにすることがあるというので欠席だったのだが、祝伝《しゅくでん》だけは届いた。ミューゼ様の話によると、あのご令嬢（名前がどうしても思い出せない）と婚約目前だという話だ。

「カリーティア・ベルモント嬢だ」

「……なんで分かるの？」

「フェリーのことならば分かる」

そうですか。

今回はスザンナとオリーヴは式に来られなかった。スザンナは出発直前に妊娠が発覚、オリーヴは婚約者の件でトラブルが起きたらしい。とても残念がっていたが仕方がないことだし、自分の幸せを優先して欲しい。

式、披露宴共に無事に終わり、寝かしつけたエリオンはクリス様がホクホク顔で連れて行ってしまい、初夜を二人で迎えることになった。

初夜ではないと思うのだが、式が終わって初めて迎える夜だからと、周囲が気を利かせてくれたのだ。

「ウエディングドレスのフェリーはいつもに増して美しかったな」

「タキシード姿のミューゼも素敵だったわ」

お姫様抱っこでベッドまで運ばれると、私を下ろしたミューゼ様は私の前に跪いた。

彼の手には真っ白い台座に収まった二つのシルバーリングが。

「これって……」

「結婚指輪、と言ったか？　前にフェリーが話していたから用意した」

この世界には結婚指輪というものがない。結婚式では誓いの言葉の後にキスを交わし、その後、結婚成約書に互いにサインをして終わるのだ。

指輪は女性の指を飾る装飾品であり、男性が付ける習慣はなく、稀《まれ》に付けている男性もいるが、それは特殊なお洒落（そっち系の人）だと認識されている。

判子代わりに指輪が用いられていたりするが、それはあくまで事務用品扱いで、指にはめるという概念がない為に、なくさないようにチェーンを付けて首から下げるか、保管して使う時だけ出す程度。

ネックレスやピアスは男女共に身に付けるが、なぜか指輪だけは女性の装飾品扱いなのだ。なぜだろう？

「互いの左の薬指に付ける指輪を交換するのだろう？」

「でも、男の人が指輪を付ける習慣はないじゃない」

「そんなものはどうでもいい。これを付けることでフェリーは俺の、俺はフェリーのものなのだと永遠の愛を誓い、途切れない縁を結ぶのだろう？　目に見える夫婦の証と言ったな？　ならば付ける選択肢しかない」

「でも、ミューゼが変な目で見られるかもしれないよ」

「そんなことは全く気にならないから大丈夫だ。俺は目に見える永遠の証としてフェリーと指輪を交換したい。してくれるか？」

「嬉しい！　もちろんよ！」

彼の前に左手を差し出すと、ミューゼ様は薬指に指輪をはめてくれた。

私も同じように彼の左手の薬指に指輪をはめた。

「改めてフェリー、君に永遠の愛を」

「私もミューゼに永遠の愛を捧げます」

唇が重なり、少しずつ深く甘くなっていく。私を宝物のように触れるミューゼ様の手がどうしようもなく愛おしい。

グズグズに溶かされて、二人が一つに混ざり合うようなほどに、甘い夜は静かに更けていった。

エピローグ

あれから月日は流れ、今日はヘルドリアスとシャーリンの結婚式。王太子の結婚式ということで国中がお祭り騒ぎだ。

婚姻の儀を王城内の聖堂で行い、その後パレードで国民に向けて幸せな二人のお披露目があり、国賓を交えた招待客への披露宴が行われる予定である。

私達は婚姻の儀と披露宴に参加する。

式の妨げになってはいけないと、エリオンは今日はお留守番である。

御屋敷の皆、特にメイド長が張り切っていて「お世話はお任せ下さい！」と送り出された。

厳かな雰囲気の中で始まった婚姻の儀。真っ白い正装に身を包んだヘルドリアスが待つ祭壇へと、シャーリンが彼女の父親に手を引かれてゆっくりと歩みを進める。

シャーリンのウエディングドレスは、パールのような光沢のある白いマーメイドラインのドレスで、歩く度に虹色のような光沢を放ち、その姿は息を飲むほどに美しい。

ヘルドリアスの元まで進んだシャーリンの手をヘルドリアスが受け取ると、二人は祭壇の前に並び立った。

白に金刺繍の入った神聖服を身に纏った、この国の最高司祭が婚姻の儀を宣言すると、どこからともなく流れ始めた聖歌隊の歌声が聖堂に響き渡る。

王族の婚姻の儀の時だけ歌われる特別なその歌は、門出を祝い、幸多き未来を照らす意味合いを持つ古代語で歌い上げられる。

歌が終わると司祭が有難い祝詞を読み上げるのだが、この祝詞が実に長い。この国の成り立ちから始まる祝詞は実に一時間も続き、その間は誰も言葉を発することが許されず、席を立つことも禁じられている為、大半の参列者は精神をゴリゴリと削られていく。

参列者は座っていられるからまだ良いのだが、新郎新婦は立ったまま極力微動だにせずにその祝詞を聞かねばならず、ある種苦行である。きっとそれを読み上げる司祭も相当大変だと思う。

祝詞の読み上げが終わったら古代語での誓いの言葉が交わされる。意味合いは私達が式で交わした誓いの言葉と同じらしいのだが、古代語は王族と最高司祭にしか使えない言葉な為、聞いていても全く何を言っているのか分からない。

誓いの言葉を交わした二人は誓いのキスを交わすのだが、この時になってヘルドリアスの異変に気付いた。花嫁のベールを上げる手がありえないほどに震えていたのだ。

目で見て分かるほどに震えるなんて大丈夫なの？　と思ってハラハラと見守っていると、ベールを上げ切ったヘルドリアスはシャーリンを見て固まってしまった。一分ほど経っても硬直したまま動かないヘルドリアスを、参列者達は生温かい目で見守っている。

今ではヘルドリアスのシャーリンへのヘタレぶりは有名になっており、「本当に好きな人にはダメダメになる王太子」として国内外に不名誉な形で知れ渡っている。

だけど大多数はそれを好意的に受け取っており、「頑張れ！」などと国民はヘルドリアスを応援している。

「んっ、んんっ！」

痺れを切らした司祭が咳払いをしたことで我に返ったヘルドリアスは、「誓いのキスを」との声に弾かれるようにシャーリンにキスをした。

ホッとしたのも束の間、シャーリンがヘルドリアスの顔にハンカチを当てたのが見えた（鼻血）。やっぱりヘルドリアスはヘルドリアスだった。


披露宴は大ホールで華やかに行われた。沢山の料理やドリンクが並び、国賓から順番に祝いの言葉を伝え、その後は各々に楽しみつつ、披露宴は深夜過ぎまで続く。

新郎新婦であるヘルドリアスとシャーリンは、初夜を迎える為に披露宴の途中で抜けるのが仕来り。私達は二人が会場を去ったのを見届けて帰宅した。

「殿下、初夜でやらかさないわよね？」

「そこでやらかしたら愛想を尽かされるだろうから、大丈夫じゃないのか？」

「でも式で鼻血が出てたわよ？」

「……まぁ、なんとかなるだろう。そこでなんとか出来なければ男ではない」

どうか幸せな初夜を迎えられますように……。

その後シャーリンは半年後に懐妊し、王太子妃の懐妊に国中が沸いた。

◆◆◆

そして今、私のお腹には二人目になる子供が宿っている。エリオンは三歳になり、自分がお兄ちゃんになることも理解しているようで、少し膨らんできた私のお腹に耳を当てたり、「聞こえる？」「早く一緒に遊ぼうね」などと声を掛けている。

自分がゲームの世界の悪役令嬢に転生したと分かった時には、こんな幸せな未来が来るなんて予想できなかった。

断罪されるか婚約を破棄されることが決まっているはずだった私の未来は、ゲームとは全く違う展開を見せた。

ゲームに限りなく似ていて全く違うこの世界。その世界で私はこれからも生きていく。愛する家族や友と共に。

実はミューゼ様は私が前世の記憶を持っていることになんとなく気付いていたそうだ。

「だがそれがなんだと言うんだ？　それもフェリーを形取る一つだろう？　ならば丸ごと愛するだけだ」

そんなことをサラッと言ってしまう私の愛する旦那様は、今日も相変わらず素敵である。

「前世、と言うのか？　そこではフェリーに恋人はいたのか？」

「いなかったわ」

「好きな男くらいいたのだろう？」

「いたわね」

「……妬けるな」

「ふふふ……私ね、前世でもミューゼのことが大好きだったのよ？」

「フェリーの前世に俺がいたのか？」

「いたというのとは少し違うわね。物語の登場人物の一人がミューゼだったの。私はそのミューゼが大好きで、実在しないミューゼに恋をしていたの」

「ならば、フェリーは俺と出会う為にこの世界に生まれてきてくれたのだな」

「そうね、そうだと思うわ」

優しく抱きしめられ、頭に頬に首筋にキスが降り注ぐ。

「あー！　お父様狡い！」

そんな私達を見たエリオンが駆け寄ってきた。

昔は「ムー」とミューゼ様を呼んでいたエリオンだったが、ミューゼ様が必死に「パパ」と教えた結果、一歳半頃にはパパと言えるようになったのだが、お兄ちゃんになるんだと分かった頃から「お父様」と呼ぶようになった。

「僕もママにキスする！」

私のことは未だに「ママ」と呼ぶ。

「お母様と呼ばないの？」
「だってママはママだもん！　僕の大好きなママ！」

そんな可愛いことを言ってくれる。

この子もいつかは愛する人を見つけて、私の手の中から飛び立っていくのだろう。そう思うと少し寂しい気もするのだが、それはまだまだ先の話。

私達はこれからもこんな幸せを積み重ねていくのだろう。辛いこともきっとあると思うけど、ミューゼ様と一緒ならば何が起きても大丈夫だと思える。

私は、この世界で生きている。

ヒロインが来《く》る前《まえ》に妊娠《にんしん》しました
詰《つ》んだはずの悪役令嬢《あくやくれいじょう》ですが、
どうやら違《ちが》うようです

2023年12月11日　第1刷発行

著　者　ロゼ

発行者　渡辺勝也

発行所　株式会社トーハン・メディア・ウェイブ
〒162-8710　東京都新宿区東五軒町6-24
［電話］03-3266-9397

発売元　株式会社双葉社
〒162-8540　東京都新宿区東五軒町3-28
［電話］03-5261-4818（営業）
http://www.futabasha.co.jp/（双葉社の書籍・コミック・ムックが買えます）

印刷・製本所　中央精版印刷株式会社

落丁、乱丁の場合は送料双葉社負担でお取替えいたします。「双葉社製作部」あてにお送りください。ただし、古書店で購入したものについてはお取り替えできません。定価はカバーに表示してあります。本書のコピー、スキャン、デジタル化等の無断複製・転載は著作権法上での例外を除き禁じられています。本書を代行業者等の第三者に依頼してスキャンやデジタル化することは、たとえ個人や家庭内での利用でも著作権法違反です。

［お問い合わせ先］［電話］03-5261-4822（双葉社製作部）
ISBN 978-4-575-24701-5 C0093　©Roze 2023